这一夜，谁能安睡

今夜は眠れない

〔日〕宫部 美雪 —— 著

刘姿君 —— 译

四川文艺出版社

图书在版编目(CIP)数据

这一夜,谁能安睡/(日)宫部美雪著;刘姿君译.—成都:四川文艺出版社,2019.8
ISBN 978-7-5411-5442-3

Ⅰ.①这… Ⅱ.①宫… ②刘… Ⅲ.①推理小说—日本—现代 Ⅳ.①I313.45

中国版本图书馆CIP数据核字(2019)第112758号

KON'YA WA NEMURENAI
by MIYABE Miyuki
Copyright © 1992 MIYABE Miyuki
All rights reserved.
Originally published in Japan.
Chinese (in simplified character only) translation rights arranged with
RACCOON AGENCY INC., Japan
through THE SAKAI AGENCY and BARDON-CHINESE MEDIA AGENCY.

本书中文译稿由城邦文化事业股份有限公司－独步文化事业部授权使用,非经书面同意不得任意翻印、转载或以任何形式重制。

著作权合同登记号 图进字:21-2019-304

ZHE YI YE SHUI NENG AN SHUI

这一夜,谁能安睡

[日]宫部美雪 著　刘姿君 译

策划出品	磨铁图书
责任编辑	余　岚
责任校对	汪　平

出版发行　四川文艺出版社(成都市槐树街2号)
网　　址　www.scwys.com
电　　话　028-86259287(发行部)　028-86259303(编辑部)
传　　真　028-86259306

邮购地址　成都市槐树街2号四川文艺出版社邮购部　610031
印　　刷　三河市冀华印务有限公司
成品尺寸　146mm×210mm　　开　本　32开
印　　张　6.75　　　　　　　字　数　150千
版　　次　2019年8月第一版　印　次　2019年8月第一次印刷
书　　号　ISBN 978-7-5411-5442-3
定　　价　39.80元

版权所有·侵权必究。如有质量问题,请与本公司图书销售中心联系调换。010-82069336

目　录

开球　　　　　　　　　　001
上半场　　　　　　　　　007
中场休息　　　　　　　　071
下半场　　　　　　　　　079
PK 赛　　　　　　　　　 161

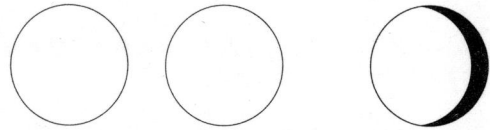

等我长大以后,要当个小男孩。

When I grow up, I want to be a little boy.

——约瑟夫·海勒（Joseph Heller）——

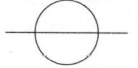

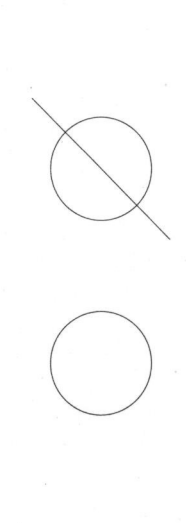

"同情不为人之故。"以前的人这么说。关于这句谚语,我们班主任是这样教的:"这句谚语的意思是'太过于同情他人,有时候反而对那个人没有帮助。在这个社会里,偶尔也必须无情地袖手旁观'。"

可是过了三天,教务主任特地跑来更正。

"那句谚语的真正意思是'同情有困难的人,为他人提供帮助,以后当自己遇到困难时,别人也会帮助我们。我们的社会建立在这种互助的精神上,所以同情别人并不是为了别人,而是为了自己,我们要多多帮助人'。同学们懂了吗?"

就我个人而言,不管哪个解释都无所谓,班上同学的想法也大都跟我一样,可是对老师们来说,这好像是个大问题,因为两个星期后,我们班主任就离职了。

班主任走了之后,我们班陷入了三天的冷战期。告密者窃窃私语,间谍在放学后跑到体育馆后面写黑函[1],结果就发生了两名男

---

[1] 为达到报复目的,内容不实、恶意抹黑的匿名信件。

学生被脱裤子丢进校园水池的事。

　　这次教务主任也来了，可是我们没人肯招，因为大家知道，谁敢多嘴，这次被脱裤子丢进水池的就是他。当然，我也没说。既然一年级的"杜勒斯"[1]是我的死党，我当然不想当"菲尔比"[2]，因为他最后没有好下场（我最近沉迷于美国中情局的隐秘内幕，所以上次我妈问我："如果要去国外旅行，你想去哪里？"我才会回答："弗吉尼亚州的兰利[3]。"我妈把弗吉尼亚州和加利福尼亚州搞混了，就解释成我是想看正宗的沙滩排球）。

　　那两个被丢进水池的家伙所犯的罪，据说是向他们爸妈甚至是教务主任打小报告，说我们班主任对那句谚语的解释是"胡说八道"。其实，我们班主任本来就常毫不客气地批评教科书里的内容，或不举行考试只用报告来打成绩，从以前就一直跟学校高层唱反调，所以这次离职只是时势所趋，纯粹是"时候到了"而已。可是，小孩子不会懂这些道理的。不，是故意装不懂，因为把别人丢进水池里实在太好玩了！

　　言归正传。其实这个事件本身和我接下来要讲的并没有直接关联。只是事后再回想，它让我深深地思考过"同情究竟是为了谁"，因此在这里暂且当作小小的引言吧。

　　"世间根本没有'情'这种东西。"

　　这句话是我的死党岛崎俊彦，也就是一年级的"杜勒斯"说的。

1　Allen Welsh Dulles，美国二十世纪五十年代的中情局局长。
2　Kim Philby，英国双面间谍。
3　美国中情局的所在地。

他说这话的时候,银边眼镜还闪闪发光。有他这种小孩,当爸妈的可能经常——真的是经常——会觉得世间是无情的。听说他那个手艺高超的理发师爸爸,看到他元旦开春写的第一篇书法竟然是"权谋术数"时,气得揪住他的领子把他塞进了衣橱里。

不过,我的意见倒是有点不同。在我接下来要讲的故事当中,我的确尝到了所谓世间的"情",而自己也丢出了一些"情"。

对,"丢"出了一些"情"。因为我所遇到的"情"跟骰子一样,不丢出去不知道会出现哪一面。所以我丢出骰子,赌了一把。

这个故事,就是那场赌局的始末。

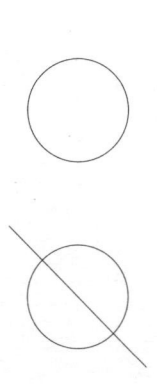

首先，让我从最初到我家拜访的一个男人说起。那是我们一开始抽到的特大号黑桃A。

那个男人，如果要说是福神，面相实在太差了，而且他也没有坐宝船来。他来的那天是七月六日，是梅雨还没结束、天阴沉沉的星期六下午，也不是适合福神造访的时节。

虽然他红光满面，但也不像是酒神（因为他完全不会喝酒），要说是穷神，可穿戴得也太好了，而且还肥滋滋的。

那个人是律师。

"哦……前川法律事务所啊。"

妈望着摆在客厅桌上的名片，脸上的表情显得无比认真，好像是在想，除了卖无水锅[1]和羽毛被的推销员之外，已经很久没有人这么正式地拿名片出来向她做自我介绍了。以前倒是常有——妈心里好像也在想这个，因为她以前是秘书。

妈和爸结婚已经迈入第十五年。要把他们两人结婚典礼的纪念

---

[1] 不用加水即可烹煮的铝合金锅，在日本为直销或邮购贩卖商品。

照翻出来,得先从壁橱里拿出两个行李箱,加上一台已经不用但舍不得丢的电风扇,再打开被推到墙壁最里面的抽屉柜最上层,用力眨眼抵抗灰尘和樟脑丸的味道,移开收着我婴儿时期照片的相簿后,才有办法拿出来。

据我所知,截至目前,妈好像从没打算花那么大功夫去看结婚照。至于这是好事还是坏事,在此我先不予置评。

"那么,前川律师找我有事?"

"是的,如果您确实是绪方聪子女士的话。"

"我的确是啊。"妈认真地回答。

"不过,我应该在电话里跟您提过,希望您先生也在场的吧?"

这么说,妈事先就知道这个律师要来了?这点我倒是有点意外。既然如此,怎么没有先告诉我呢?

更不用说爸了。爸在一个小时之前,就带着高尔夫球杆到河堤边的高尔夫球练习场去了,妈也没叫爸别去。

对于律师的问题,妈笑着回答:"没有,既然是我还在上班时的事,那我先生听了也不懂。"

"所以,您先生不在家?"前川律师迅速地推断,然后一脸为难地说,"我希望您先生务必在场。如果可以的话,令公子也一起……"

说到这里,他把老花镜(我想应该是)戴好,翻了翻手边的文件。

"您的孩子,就只有现在上国一的雅男小弟吧?"

妈显得很惊讶,说:"这些您都调查过了?"

律师点头说:"那是当然的。"

"可是,为什么要……"

"这点之前在电话里也跟您提过了。这是一件很重要的事,不仅和绪方太太有关,也和您全家人有关。"

妈好像很伤脑筋,不断用食指摸着鼻尖。

"可是,我不懂。您在电话里说,那是跟我单身时发生的某件事有关。既然如此,就跟我先生、小孩没关系。"

律师先生拿下老花镜,交握着肥胖双手放在膝上,然后缩起圆下巴,挺起上半身转向妈。

"在电话里我不方便透露太多,而且突然把事情全部告诉您,您一时也无法接受。要是您误以为是恶作剧而把电话挂了,我会很困扰的。"

"那是会被误以为是恶作剧的事吗?"

"一点也没错。"

"到底是什么事?"

"绪方太太,"前川律师叹了一口气,"请把您先生找回来吧。如果太远不方便,我改日再来拜访。这件事就是这么重要。"

看到律师这么严肃,妈好像才把律师的话当真了。她那个为击退大批报纸推销员而练出来的装傻表情,稍微退让了一下。

"雅男!小男!"

妈整个人转过来回头叫我。

"你在厨房吧?听到没?小男!"

老妈明察,我是在厨房里。难得这个星期天足球社不用练习,我就睡到日上三竿，现在正在吃很晚的早餐。只不过，我不是坐在餐桌前，而是一只手拿着吐司，一只手端着装了番茄汁的玻璃杯，贴在通往客厅的门缝里偷看。

我悄悄溜回餐桌旁，放下吐司，喝了一口番茄汁，装出刚才还在专心吃早餐的样子，再回到门旁边。

"干吗？"

我一露脸，眼睛突然跟前川律师对个正着，我立刻就感觉到他把我看穿了。这个律师知道我在偷听。

"不好意思，可不可以去叫你爸回来？我想他应该是去'一杆进洞俱乐部'了。"

"嗯，"我点头，"我刚才看到爸出去了。"

"不好意思，帮妈跑一趟。骑脚踏车很快就到了。"

"我要怎么跟爸说？"

听到我的话，律师先生没开口，只微微一笑，脸上露出"你明明就听到了"的表情。

"就说有很重要的事，家里来了客人。"

这时我才发现，妈开朗的表情背后藏着一种不妙的气氛，因为她的眼角是吊起来的。

这种表情实在令人心惊肉跳。记得妈的爸爸，也就是我的外祖父被医生诊断出肝癌活不了多久时，妈就是带着这种表情回来的。去年爸在公司的健康检查发现有问题，被医生建议去做精密检查时，妈也是这种表情。一直到检查出是初期胃溃疡，只要吃药就会好之前，妈时不时就会露出这种表情。

当下，我的心情就好像在比赛中被裁判亮了黄牌（话是这么说，我也只参加过自己社团内部的练习赛而已）。那是警告！要小心！

"那我出去了。"我说。

河堤边的高尔夫球练习场"一杆进洞俱乐部"，不管什么时候去都挤满了人。两层楼的建筑被大大的网子围住，供个人练习挥杆的打击席有八十席，后面还建了两个练习用的沙坑，从我家骑脚踏车过去大概要二十分钟。

大老远就能看到那片象征高尔夫球练习场的绿色网子。那个网子就是那么高、那么大。尾崎巨炮[1]又不可能会来，因此这设备很明显地太过夸张浪费。但是照爸的说法，那张网也兼具宣传的功能，所以大一点也无妨。

我在练习场的柜台请漂亮的小姐广播，却得到冷淡的回应："你自己进去找吧，小弟弟。"我穿过大厅，向打击席走过去，然后看到爸在一楼的十五号打击席那里。

爸在当临时教练。

一个身穿粉红色高尔夫球装、长发披肩的女人被爸从背后环抱着，两人共握一支球杆。不用说，她当然很年轻，而且身材丰满，是我最希望出现在自己梦里的、不太能跟人家讲的姐姐。

我右转走回柜台。漂亮的小姐没把聚在大厅里等空位的客人放在眼里，悠哉地修她的指甲。

---

[1] 在此是指日本高尔夫球名将尾崎将司，出生于一九四七年，被誉为"亚洲高球第一人"，他也是唯一一进入世界排名前十名的亚洲球员。

"不好意思,还是想麻烦你广播一下。"

"哎呀,没找到?"

"我不想看到自己老爸手足无措的样子,因为我还是小孩子。"

"像我爸啊,从我一出生就一直手足无措呢。因为……"

小姐说着,一面拿起麦克风,很快地说了两次"来宾绪方行雄先生、来宾绪方行雄先生,请到柜台,有您的访客"之后,才继续把话说完。

"他不记得自己做过什么会生小孩的事。"

"他有梦游症?"

"不是,因为我老妈是圣母马利亚。"

这时候爸来了,一只手还戴着手套。他一下子就看到我,可能是我想太多了,我觉得爸看起来有点慌。

"原来是雅男啊。你怎么跑来了?"

"家里来了一个律师。"

有时候,事实胜于雄辩(这是学校上课教的,不过我忘了出自哪里)。在高级餐厅的地板上发现蟑螂时,大家的对话会立刻中断,爸脸上表情消失的速度,就跟那时候一样快。

"什么?"

"我也不知道啊。反正妈叫爸马上回去,说是有重要的事。"

爸重复了一次"什么?"才总算恢复正常。

"你等一下,我马上回来。知道了吗?"

然后,他往打击席的方向匆匆消失了。

爸的样子还真不是普通的狼狈。他和那个受他指导的女人不是刚好今天在隔壁席,而是每次都约好一起来的——我开始慎重地思考这个可能性。

还有,那件事跟律师跑到家里的关联性。

我抬头看向漂亮的柜台小姐,她手肘靠着柜台,手指朝上,正在风干刚保养好的指甲。

她脸上写着"我全听到了"。

"有律师跑到我家,很夸张吧。"我对她说,"让人觉得好像有什么严重的事要发生了,对不对?"

柜台小姐应了一声"是啊"。

"请问,来打球的两个人,可以每次都把位子预约在一起吗?"

她马上就回答:"不行,没办法这样。"

"哦。"

"不过,如果一起来的话,位子一定会在隔壁。"说完,小姐吹了吹右手指甲上看不见的灰尘,"先在大厅会合,再一起来柜台也是一样。"

"是啊。"我点点头,再次盯着她看。仔细看之后,才发现她其实没有大我几岁。同样都是十几岁的青少年,差就差在头跟尾而已。可能因为她坐在这里,所以看起来好像知道很多我老妈也不知道的事。

"请问,那个穿粉红色高尔夫球装的女人……"

我一说,她就点头说:"她呀……我一开始就猜她一定是你老爸的红粉知己。"

"他们一起来过几次?"

听到我这么问，小姐默默地举起一只手，伸出又白又细的五根手指。

"他们一起回去过几次？"

小姐笑了笑："这一点，小弟应该比我更清楚吧？"

我想了一下，爸出门一直到晚上才回来的星期天……

最清楚的应该是妈吧。

"你可以帮我打打气吗？"

柜台小姐双手撑着下巴，身体探出来，小声地对我说：

"好好忍耐，用功念书。等学校毕业之后，进一家有宿舍的大公司，这样爸妈离婚就不会影响到你的生活了。"

"谢谢。"

正当我在思考小姐的教导时，爸回到了柜台前。

我把脚踏车塞到车子的后备厢，跟爸一起回到家，只见我们位于旧公寓二楼的家门口竟然布满了乌云。那是改变一个和平家庭命运的不祥乌云——看到学校教的语文例句竟然成真，我不由得当场僵住。

爸喃喃地说："到底在搞什么？"

所以，爸也看到那片乌云了。不是文字上的，而是真正的乌云。

我们冲进家门，正好看到妈一边皱着眉头猛咳，一边打开厨房窗户，双手拼命猛挥把烟赶出去。一看到我，妈立刻对我怒吼。

"雅男！你牛奶热到一半，居然就这样跑出去了！"

弄了半天，原来是这么回事啊。我根本就忘了我在热牛奶。就算在夏天最热的时候，我只要喝了冰牛奶，肚子就会像超级特快车一样一泻千里，所以我每次都是热了牛奶才喝。

"是妈自己一脸很恐怖的样子，叫我赶快去把爸找回来的啊。"

听到这句话，换爸僵住了。

"还好还好，没发生火灾。"

等我们大家在客厅坐定，前川律师擦着额头上的汗这么说。他心里一定在想，自己怎么会跟这么难搞的一家人牵扯上了。

"那么……"

前川先生咳了一声，正准备开始说话时，妈打断了他，她一副"我等这一刻等很久了"的样子。

"律师，有句话我想先声明……"

"啊？什么事？"

"请问，你和我先生签了什么约？"

"签约？"

"是的，签约。你是受到我先生的委托，来我们家谈离婚的吧？就不要再扯什么跟我婚前的事有关的话了，反正我都知道了。"

前川律师的小眼睛睁得好大。"绪方太太，您在说什么……"

妈开始激动起来。"请别装蒜了！您是来谈离婚的吧？因为担心一开始说实话，我会不理你，就编出这个谎言。现在我们全家都到齐了，没关系，就请你说实话吧。快，请说！"

这次换爸吃惊了。"喂！聪子，你在说什么啊？"

妈以看门狗咬住小偷不放的气势面向爸。"连你也要跟我装蒜？这算什么？用这么卑鄙的手法把律师叫来！你以为我不知道你在外面和那女人乱搞……"

爸起身打断妈的话，用可怕的表情瞄了我一眼说：

"你在胡说八道什么？！还当着雅男的面！"

"有什么关系！这件事对雅男的影响比谁都大！"

吼完，妈哭了出来。我看了看神情茫然的爸，又看了看把脸埋在靠垫里的妈，试着发言。

"爸、妈，我没事的。"

爸转向我，前川律师眼睛还是睁得大大的，朝我这边看来。

"什么你没事？"

我靠近爸，低声说："粉红色高尔夫球袋。"

爸剃过胡子的青下巴一下子掉了下来。"你……"

我对前川律师说："律师先生，我刚才一直以为是我妈为了向我爸提离婚的事才请律师来的，只是怕吓到我，一开始才说有别的事。我猜错了吗？"

爸也喃喃地说："我也……老实说，我也这样以为。"

妈抬起头，语带哭声地说："你说什么？"

在我们三人的注视下，前川律师缓慢地抬起右手摸摸眉毛，好像怕眼睛睁太大，两道眉毛会歪到发际里一样。

确定灰白夹杂的眉毛还在原来的位置后，律师总算放下手，咳了一声说："我既没有接受绪方太太的委托，也没有跟绪方先生签约。"

然后为求正确，朝着我加了一句："当然也不是被你请来的。"我确实没请过律师，所以点点头。

"各位，"前川律师说，"我是受泽村直晃先生的委托而来的。"

"泽村直晃？"

我们三个人异口同声地重复了一遍。事后回想起来，我们听到这个名字时的惊讶度大不相同，不过当时听起来像是异口同声。

可能是职业病吧，前川律师一旦掌控住情势，态度就变得从容起来。他微微一笑，对妈说："绪方太太，您还记得泽村先生吗？"

妈愣在那边，脸上还挂着泪痕。

"总之，简单来说……"为了怕我们三个太早下定论，前川律师这么说，"泽村直晃先生在二十年前被绪方太太所救，他对此一直心怀感激，直到去世前都还念念不忘。"

我看了妈一眼，妈双手捂住嘴巴。

"想起来了吗？"听到爸这么问，妈先看了一下爸的眼睛，然后回答："嗯。他去世了吗？"

"是的，今年四月十六日过世的，因为肺癌。他一直很注重健康，连烟也不抽，真是讽刺啊。"

妈一脸完全进入个人世界的表情，望着天空喃喃自语："可是……他应该还不到那个年纪啊。"

"享年五十五岁。真的是很遗憾。"

接下来有一段时间，一阵拘谨的沉默笼罩了我们。

爸说了一句："可是，那又怎么样？内人的朋友死了，跟我们有什么关系？"

"有的，"律师挺起胸膛，"所以我才会在这里。"

"为了什么？"

"我之前再三强调必须等各位都到齐了才说，而且还提醒各位这是一件令人难以置信的事，是有原因的。"

前川律师对妈说："绪方太太，您以前救了泽村先生时，他出于感激，曾说过'我不会忘记你的大恩，等我将来赚了大钱，一定会回报你的'。您还记得吗？"

这次换爸和我转头过去看妈。

"喂，聪子，有过这种事？你救了人？那是怎么回事？"

"别急别急，这件事回头你们再慢慢谈。"前川律师笑着说。

妈点点头："是的，我记得。可是……"

律师笑了："您从头到尾都不相信会有这种事，对吗？"

妈再次点头。

事情的头绪，一点一点地整理出来了。爸老实地咕嘟一声吞下口水，开口问道："所以，您说那个叫泽村的人，因为忘不了内人对他的恩惠，而留了遗产给她？"

前川律师很沉着。"一点也没错。正确地说，应该是'遗赠'才对。因为绪方太太并不是泽村先生的血亲。"

爸发出了"啊啊"之类的声音。

"我……没把那些话当真。"妈恍惚地喃喃说着。

"泽村先生是一位非常有能力的实业家，但是一生起伏不定，到去世为止都没有结婚，也没有小孩。他的双亲早已去世，也没有兄弟姐妹。换句话说，他完全没有血亲可以继承事业。所以，当他知道自己时日无多,便将所有的事业、资产卖掉变现。"

我们三个人"哦"了一声。

"我再说一次,泽村先生没有父母、妻子、孩子、兄弟姐妹,也没有孙子。也就是说,他没有直系血亲尊亲属、配偶、直系血亲卑亲属和代位继承人。虽然有远亲,但我国并不采取血亲无限继承制,所以他们没有继承的资格。在这种情况下,如果不做任何安排,泽村先生的遗产就会直接归属国库。"

爸又吞了一口口水,妈擦掉眼角的泪水。

"所以,泽村先生写了遗嘱。这叫公证遗嘱,是一种不需要认证手续便直接生效的遗嘱。由于我在泽村先生生前便担任他的顾问律师,所以他指定我为遗嘱执行人。绪方太太,泽村先生在这份遗嘱中,指明把所有财产全数遗赠给您。到此您了解了吗?"

我们每个人都慢慢地在"了解中",但还是不敢相信。

"那么……那位叫泽村什么的,留给内人多少钱?"

我不是帮爸说话,不过他提出这种问题,我一点都不觉得丢脸。因为我自己也好想知道,只差没大声叫出来。

"在扣除税金——这也是一笔非常庞大的数目,以及种种经费之后,您所能得到的净额是……"

律师笑容可掬地举起右手,伸出五根手指。代表的意义虽然不同,不过姿势跟刚才那个一杆进洞俱乐部的柜台小姐一模一样。

"五千万吗?"

面对身子前倾的爸和说不出话来的妈,前川律师慢慢地摇了摇头。

"不，是五亿。"

泽村直晃，人称"漂泊的投机客"。

"说什么事业，搞半天只是个玩股票的。"

第二天放学后，在校舍屋顶上，岛崎靠在铁栏杆上这么说。

"他一直都是独自一个人，"我也把手肘架在栏杆上说，"没成立公司，就一个人到处流浪。"

岛崎推了推眼镜，哼哼地笑道："流浪？顶多也只是在兜町[1]里兜圈子吧。投机客离开证券市场就无用武之地了，看你说得那么浪漫。"

我有点火大："可是，你不觉得他很厉害吗？一个人留下了五亿的财产。要是没扣税金的话，资产搞不好有两倍。一个人单打独斗，就赚了这么多钱。"

"就算是十亿又怎样？大公司的投资人动根手指头就赚到了。"岛崎不屑地说，"现在已经不是孤独一匹狼的时代了，集团才是最大的。"

"你这个人很讨厌。"

"我只是比较客观。"岛崎抓住铁栏杆，用力伸了伸懒腰，然后有点担心地看着我，"你脸色不太好，不像是家里一夕之间变成亿万富翁的小孩。怎么了？"

他就是这样，绝不是个坏朋友。

---

[1] 东京证券交易所的所在地，相当于美国的华尔街。

"我没睡好。"

"因为太兴奋了?"

"兴奋也有……"

昨天,前川律师回去之后,我和爸妈有一段时间完全陷入虚脱的状态。我们各自瘫坐在客厅的地板和椅子上,望着不同方向。妈朝着北极,爸是南极,我是赤道。到了傍晚,隔壁正冈家的阿姨拿着我们这一区的公告板,从没上锁的玄关探头进来,往昏黑的房间里看。

"绪方太太!你们家停电了吗?"如果没有她这一句,搞不好到今天早上我们都还瘫在那里。

之后,妈就一点一滴地向我们说明她跟泽村直晃之间发生的事。

"那是二十年前,我记得当时非常寒冷,大概是一月底吧。"妈开始回想。

当时她十九岁,从故乡(妈是群马县暮志木地方的人,到现在我外公、外婆、舅舅和舅妈都还在那里开超市)的高中毕业之后,独自来东京上秘书专科学校。那时候妈还不认识爸,也没男朋友。

"当时的学生跟现在不同,大家都很穷。妈也是,光打工赚生活费就用掉所有精力了。"

那时妈住的公寓叫"真草庄",位于江户川的堤防下,是文化住宅[1]所改建的,住起来感觉还不差,不过可能是名字取得不好,

---

[1] 日式房屋内含西式设计的房子,昭和时期的东京近郊盖了很多此类的房子,俗称文化住宅。

房东和房客之间老是争吵不休，房客一天到晚换来换去，因此邻居之间几乎没有往来。妈一直在那里住到二十五岁结婚为止，结果成为真草庄有史以来住得最久的房客。但她在那段时期所认识的房客只有一个人。

那就是泽村直晃。

"他住在我房间左边的二〇五室，是个很安静的邻居，安静到他什么时候搬来的我都不知道。"

妈第一次和他照面，是某个深夜从澡堂回来的时候，他就坐在真草庄户外梯的中间——正确说来应该是倒在那里，害她十分困扰。

"在那之前我偶尔也看过他几次，知道他住在隔壁，不过没有讲过话。况且在我眼里，他已经是个老头子了，因此当时我心里其实很害怕。"

一开始，妈以为他喝醉酒，想悄悄从他身边绕过去。但他身上没有酒味，即使在昏暗的路灯下，也看得出他的脸色白得跟纸一样，所以妈决定出声叫他。

"我喊了好几声他都没有反应。光是睡在那种地方，就算没病也可能冻死，所以我心惊胆战地推了一下他的肩膀……"

结果才发现对方已经昏死过去，而且从左肩到腰腹都湿了，那不是雨，而是血。

"我当时吓得大脑一片空白，连声音都发不出来。"

妈手上的脸盆掉落，里头的洗发精、梳子、毛巾什么的全都掉到楼梯上，其中一样还砸到了那个晕倒的人。他被打醒了，虚弱地眨眨眼，抬起头看妈。

"救……救……救……救护车……"

妈想说她去叫救护车，但那个伤者却默默地摇头，吃力地举起手，做出"走开"的手势。

妈的脾气吃软不吃硬，现在也一样，不管是什么麻烦事，只要劈头跟她说"与你无关"，她就会拗起来，硬要插手去管，所以经常被拱为学校相关事务的负责人。家长会里一定有人很了解妈这种脾气，我想。

那时候也相同，妈一被赶，脾气就发作了。

"可是，你受伤了啊！"妈这么说。结果那个人以更粗鲁的手势，挥手要她走开，不过这么做也只是火上浇油而已。

妈在他的身边蹲下来，说："你是二〇五室的人吧？我先带你回房间。你死在这里会给我们造成麻烦，而且事后打扫很费功夫的！"

才说着，妈就已经伸手抓住那个人的身体，又推又拉地把他扶起来，硬拖上楼。二十出头的女孩扛着一个全身无力的大男人，绝对不可能一路顺畅，他肯定被折磨得死去活来。后来检查的结果，那个人身上有两处瘀青怎么看都像是那时造成的。

妈用吼的方式逼对方交出钥匙，将门打开。

"我真是吓了一跳，因为他房间里什么家具都没有，只摆了一个汽油暖炉，不过榻榻米和墙壁倒很干净。"

妈让他在榻榻米上躺好后，便到处找电话，打算叫救护车，但那个人又叫妈回去，说什么这不是你这种女孩子该管的事。

但是，妈怎么可能就这样丢下他不管？因为在灯光下一看，他的伤势比妈认为的还要严重，如果不管他，搞不好他真的会死。

"要是让你死在这里，我说不定会犯什么罪。"

妈不假思索地脱口而出，结果濒死的伤员笑了。

"你还笑得出来！"

看到妈生气，他的表情才稍微正经一点，想了一会儿后说："如果你不照着我的话做，事情真的会让人笑不出来。"

"所以还是叫救护车吧。"

"不能叫救护车，还有，也不能报警。"

这下，总算连妈都懂了。

"你受的是枪伤？"

这么一来，当然是听他的话，回自己房间假装什么都不知道才是最安全的。但是，妈办不到。

"我想，不管谁都一样吧。如果他看起来像黑道也就算了，偏偏他又不像……"

于是妈就问了："那我要怎么办？这样我也很不舒服啊。明知道你在隔壁快死了，我还能顶着发卷看电视吗？我神经可没这么大条。"

妈都这么说了，那个人还是犹豫了好一阵子。这段时间他血出得越来越多，妈急得要命，有好几次都想站起来去叫救护车。

"那么，我麻烦你一件事就好。"

听到他这么说，妈一口答应，他要妈帮他打电话联络一个人。

"他交代我，如果有人接，只要说'我是代替泽村打的，请马上过来'就好；如果没人接，就死心回去盖上棉被睡我的大头觉。"

妈照他的话做了。第一通电话没人接，第二通也没有。妈边骂边打第三次，这次通了，一个男人以很困的声音说"知道了"，便把电话挂掉。

那个人对妈说"这样就好了，谢谢"，然后再次挥手叫她走。这次妈倒是听了他的话，不过一回到自己房间，就拿了两条旧浴巾又回到二〇五室。我老妈的个性就是爱逞强，不过人很善良，有点爱管闲事。

因为妈不知道该怎么止血，只能用力按住伤口。

总比什么都不做好。妈的举止让那个人错愕，可是那时他已经非常虚弱，也就没再啰唆了。

"过了三十分钟左右，一个五十出头的男人很不高兴地提着皮包来了。"

提皮包的中年男子把妈赶出去，在里面忙了一阵子。

妈猜，那个人一定是无照医生。

到了天亮的时候，提皮包的中年男子来敲妈的房门，问道：

"通知我的就是你吗？"

"对。"

"你是泽村的女人？"

"我只是住在隔壁而已。"

随着太阳升起，妈心里才开始感到害怕，判断力也恢复了，只能死命装作没事的样子。提皮包的中年男子盯着妈观察了好一会儿，露出笑容。

"事情到了这个地步,如果你还愿意照顾他,我就告诉你接下来该怎么做;如果你不愿意,我就直接回去了。"

"那之后会怎么样?"

"这个嘛,可能不久你就会有新的邻居。不过在那之前,房东大概得先换榻榻米才行。"

妈想了想,勇敢地开口问道:"隔壁的人是混黑社会的吗?"

"他是很像,不过不是。至少他不是那种会把你卖掉,或是给你注射毒品的人。"

"注射什么?"

妈说她那时候什么都不懂。

"算我没说,但你还是不要跟他扯上关系的好。"

"可是,这样我会睡不安稳。"

于是提皮包的中年男子就说:"既然这样,我教你怎么换绷带、怎么喂他吃药。"然后又叮咛,"这件事,最好不要向任何人提起。"最后留下一句"我大概会两天来看一次",就立刻闪人了。

"那照你这么说,你老妈最后真的去照顾隔壁的人了?"

岛崎问道,眼镜闪出一道光,我轻轻点头。

"很像连续剧吧?"

老实说,在听妈讲这段故事的时候,我好几次差点笑出来,心里有种"少骗我了"的感觉,跟听爸妈讲他们恋爱时代小插曲的感觉很像。

"虽然这很容易忘记,"岛崎说,"不过我们的爸妈也是年轻过的。"

"是啊，我妈也有过十九岁的春天。"

"要不是你妈真的拿到了五亿元，我会认为她年轻时看太多五六十年代的日式西部片了。"

"就算现在，我心里也还是会这么想。"

"因为这样比较轻松。"

妈照顾了隔壁的伤员大约两个星期，前三天他的伤势严重到妈根本无法离开半步，连学校都请假没去。

这段时间没有发生任何危险的事，既没有子弹从窗户外面打进来，也没有可疑人物在真草庄四周乱晃。或许真草庄确实可以安全藏身，隔壁的男人才会一回来就倒在那里吧。

那个一脸不高兴的皮包男真的说话算话，两天来一次，并且在可能的范围内，代替那个大部分时间都在昏睡的伤员回答老妈的疑问。

"他是个股票掮客。"

关于那个人的来历，皮包男就只透露了这么多。

"他们那个世界有很多危险，偶尔就是会遇到这种倒霉事。"

"他叫什么名字？"

"他没告诉你吗？"

"嗯，还没有。"

"这里也没有挂名牌。你还是问他本人吧，不过他说的是本名还是假名，我就不知道了。"

所以，当那个人恢复到可以说话的程度，说他名字叫"泽村直晃"时，妈忍不住笑了出来。

"他问我有什么好笑的,我说,这个假名和他实在不搭。他一听也笑了。"

他们俩几乎没有真正说过什么话。妈虽然既好奇又害怕,最后还是不敢问。

那个叫泽村的男人也没有问过妈的背景,只是对于害得妈无法去上课这件事很过意不去。

"他问我在学什么,我就说在学簿记、英打之类的。那时我很不会打字,记得我好像还跟他诉苦说,不管怎么练习就是打不好,考试也一直不及格。"

这种诡异的邻居往来,就像之前说过的,只持续了两个星期左右,而且也结束得很突然,因为他突然失踪了。

而他那句话,就是在失踪前一天说的,那句前川律师转述的话。

"我不会忘记你的大恩,等我将来赚了大钱,一定会回报你的。"

妈当时正在晾洗好的绷带,所以是背对着他听到这句话的。

"当时我心里还想,住这种破公寓的人,还真敢夸口。"

就像前川律师说的,泽村这个人一生真的是大起大落。当他遇到妈时,一定正好是他这艘船沉到世间汪洋最底部的时候吧,才会几乎身无长物地住在那幢破公寓里,还遇到生命危险。

因此,那时妈没有当真的那句话,也许他是说给自己听的。

第二天,他就不见了。妈从学校回来,在信箱里发现一个信封。

"里面有十万元现金和一封信，上面写着：虽然应该不可能，但万一我走了之后，有人来找我，造成你的困扰，请你跟这里联络。上面写着一个电话号码，就是叫医生来的那个电话。"

他的伤势还没有痊愈，妈很担心，马上就打电话到那里去，但是没有人接，不管打几次都一样。

房东对二〇五室的房客也一无所知。押金、礼金、房租他都照规矩付了，尤其是搬走的时候押金也没拿回去，房东反而很高兴。他搬进来时资料上写的户籍地是假的，工作也只写了"自己开店"而已（这样也能搬进来，怪不得房东跟房客老是吵个不停）。

妈觉得自己好像被狐仙捉弄了。

过了一个月左右，妈收到一箱包裹。那包裹很重，一打开，里面是一台全新的科罗娜打字机，这次就没有附上信件。

妈又打了那个医生的电话，但是已经打不通了。

"您所拨的号码是空号……"

妈说，从此以后，她就再也没有遇到那个叫泽村的人和那个摆臭脸的医生。

总而言之，泽村直晃就是这样一个人。

妈跟我们一说就说到半夜，等我钻进被窝，应该已经超过半夜三点了。我睡不着，翻来覆去、东想西想的，最后就像老套的故事情节，我直到天亮才累得睡着，等我醒过来，已经是早上十点二十分了。

这次叫醒我们的也是正冈家的阿姨。她用力敲门、大声喊叫，我爬出房间，看到爸还穿着昨天的衣服，东倒西歪地去开门。

一靠近爸，就闻到一股好重的威士忌酒味。我们一打开门，正冈家的阿姨就冲进来。

"啊啊！你们别吓人好不好！每个人都好好的嘛！昨天你们三个一屁股坐在漆黑一团的家里，今天到了这个时间又连扇窗户都没开，我还以为你们全家闹自杀，实在忍不住，就跑来看了！"

爸一脸还没睡醒的样子，呆呆地站着。我们住的这栋公寓户数不多，我可不希望被邻居用怪异的眼光看待，所以急忙编了一个借口，说我们全家好像都得了流行性感冒……

岛崎扶了扶眼镜，仔细观察了我一番。"的确，你的样子很像得了流行性感冒。"

我自己早上也照过镜子，看起来确实蛮悲惨的。

"我比较担心我爸昨晚的态度，还有今天早上的酒臭味。"我小声地说，"我觉得我爸与其说是惊讶，不如说是有一种不好的反应。"

我第一次看到爸那样喝酒喝到两眼通红。

"因为有五亿元突然从天而降嘛。"岛崎安慰我，"要保持平静反而是不可能的。"

"五亿啊……"

说到"五亿"这两个字时，不知道为什么，我的声音就会变小，还会东张西望地偷看四周，像是成了盗用公款的坏课长。我也不知道为什么一说到盗用公款就想到"课长"，只是总觉得是这样而已，没什么太深的含义。

"我们一家会不会被逼得和那些钱一起自杀啊？"

"这个嘛，要是被五亿元份的钞票砸到，可能真的会死，"岛崎说着皱起眉头，"不过，五亿真是个不吉利的数字，要是三亿就好了，因为那是完全犯罪。"

"什么？"

"就是府中的三亿元抢劫案[1]啊。五亿是让田中角荣栽跟头的数字，就是洛克希德丑闻案[2]的那笔钱。不管田中是好是坏，他总是操纵日本的最后一个独裁者。他下台了，独裁者等同于英雄的时代也跟着结束了。之后的政治家，个个都变成了派系的傀儡。"

"我听不懂你在说什么。"

"不懂也好。"说完，岛崎笑了。明明他笑起来可爱得足以当童星（我老妈总是说他长大以后一定是帅哥），偏偏就坏在那张嘴巴闭不起来。为什么像岛崎叔叔这么老实的理发师傅，会生出这种儿子呢？

我看着我的好友，一个畅谈天下大事的理发店儿子。他面向夕阳，眯着眼睛，好像觉得阳光很刺眼。

"好漂亮的夕阳，天空好像要融化了。"

我本来是为了换个话题才这么说的，结果岛崎看都不看我一眼

---

1 这是一九六八年十二月十日发生在东京都府中市的运钞车抢劫案，亦称为"三亿元运钞车抢劫案"，是日本史上金额最高的抢劫案。犯人假扮警察拦下运钞车，并谎称车上有炸弹，将银行人员骗离，之后便从容地开着载有三亿日元的运钞车扬长而去。日本警方出动了将近十七万人，最后还是没抓到犯人。

2 一九七二年，美国洛克希德公司成功地将该公司三星机种（Tri-Star）卖给日本全日空公司，透过日本代理商社丸红商社桧山广社长居间中介，将五亿元的贿款，即飞机引进的成功报酬送交日本首相田中角荣。田中在卸任后的第二年被逮捕，成为前所未有的"犯罪首相"。

地说：

"我倒觉得比较像血的颜色。今后你们家可能会被伤得鲜血直流，真正的风暴才正要开始。"

"你这家伙真的很讨厌。"

但是，岛崎说对了，在各个方面都是。

前川律师来访后不过三天，骚动就开始了。那时，妈还没有正式回复要不要接受五亿元的遗赠，也还没有办必要的手续。

即使如此，还是来了。

岛崎说："既然发生了地震，自然会产生海啸；等海啸来袭时才惊慌地去找救生圈或逃生背心，是没有用的。只能想办法逃命，逃不掉就死心，在救援到来之前，能抓到什么就死抓着不放。"

第一个刊登这件事的，是专门在车站贩售的八卦晚报。爸下班时买了一份，我看到报上的标题时，只真心祈祷大家把它当成像"板东英二[1]即将出任阪神总教练"之类的荒唐报道；祈祷邻居不会看到这个标题；祈祷他们就算看到，也不会发现报上的"绪方家"就是我家；祈祷印这份报纸的墨水配方有问题，所有的报道会在一个小时之后消失。

我的祷告，表面上老天爷似乎听到了。那天晚上，没有一个邻居拿着晚报跑来问："喂，这个是不是在说你们家？"第二天我去

---

[1] 日本知名主持人，原本是著名棒球选手。

上学的时候,也没有同学隔着马路喊:"哟,亿万富翁!"爸公司里的人也没有说什么,他回到家时一脸松口气的样子。

还好没怎么样……我们一时还这么认为。

等之后再回过头比较,这时算是刚起火的阶段。燃烧的规模毫不起眼,微弱得让人误以为不必理会,它自然就会熄灭。但是只要仔细看,就会发现那些火并不是一般的小火苗,而是狼烟,而且狼烟这种东西,离得越远看得越清楚。

我们一家人真正应该怕的,不是我们身边的小社区,而是所有看得见狼烟的陌生人。那些蜂拥而至的陌生人,让我们身边那些原本应该很了解我们的人,都被拉到陌生人那里去。在那之前什么都没发现的邻居们,在外来人的告知下,才发现原来自己脚边已经燃起了狼烟。

继晚报的报道之后,隔了两天换周刊接着报道。从那时起,我家的电话就响个不停。有记者打来想采访的,有亲戚打来表示惊讶的,有性急的熟人打来借钱的,有打来募款的,还有许多奇怪的神经病打来恐吓我们的,尤其最后那种为数最多,让人很不舒服。

接着有人开始找上门,电视台也来了。到这个地步,已经算是癌症晚期了。我们似乎让那些对八卦没抵抗力的媒体(他们真的是吗?)迸发了感染症,所造成的外在自觉症状种类之多,令人叹为观止。

骚动的程度直线上升,用滚雪球来形容都不够,简直就像电影《幻想曲》里那支被魔法师学徒念了咒、会自己动的扫把一样。不知道怎么解开咒语的魔法师学徒为了停住扫把,只能从头将它劈成两半，一直劈，一直劈，越劈扫把却变得越多。对，就跟那个情况一模一样。

只不过，我们和电影里演魔法师学徒的米老鼠不同，一开始念咒的不是我们，而且当扫把就要失控时，我们也没有师父为我们解开咒语。

理智上我们当然明白，像我们这种住在东京老街的旧公寓，被房贷压得喘不过气来的上班族家庭，突然有人送上一份五亿元的大礼，当然值得大惊小怪。再怎么说，日本也是一个打着"富豪排行榜"的名义，每年翻人家荷包翻到习惯的国家，怎么可能放过白白获得一大笔钱的我们？更何况这笔钱还是乐透奖金上限的五倍。

当然，我也不能假清高，说我以前对别人的八卦都没兴趣，因此这也许是理所当然的报应。可是，如果只因为我们家之前对艺人的离婚消息、受灾户的惨状、严重的车祸现场，还有其他各种新闻看得津津有味，就得从天上掉下五亿元的铁锤来惩罚我们，那把我们家对讲机按钮按到坏掉，拆掉我们家隔音防水窗，鞋都没脱就闯进邻居家逼问"绪方家是什么样的人"，还厚脸皮到霸占人家电话，向他们抗议还要打人、骂人，甚至跑到爸的公司跟到厕所里面，躲在校门后拦截上学的我，追着去买东西的老妈跑，害她在超市跌倒的这些人，天上应该掉下什么来砸他们呢？足够开第二家戴比尔斯公司的钻石矿山吗？

一开始，我们都尽可能地躲避媒体，也不接受任何采访，但消息却大量地从其他地方泄露出去。所谓的"其他地方"，就是我家的亲戚。我们不可能完全瞒着亲人，自然会跟他们说明是怎么回事，结果那些话全部流了出去。最严重的是爸那边的亲戚。

妈那边外公外婆都在，还可以盯住他们，但爸那边的爷爷奶奶很早就过世了，爸又是独生子，只剩下什么伯伯、堂兄弟之类没什么直接关系的人，所以拦也拦不住。

这么一来，与其让他们去乱传，不如我们自己把话说清楚。因此，后来我们狠下心来改变方针，开始接受访问。

媒体——尤其是八卦节目高兴得要命，说什么这是难能可贵的佳话，把妈捧得天花乱坠，再冷不防地向我们打听钱的用途。

前川律师也跟我们一样惨遭媒体围攻。他坚持律师必须遵守保密义务，把那些人全部挡在门外。但事务所前整天被盯梢，也让他十分困扰。

"泽村先生在某些特定领域很有名，"律师带着些许疲惫的神情这样跟我们解释，"当他因癌症末期住院，委托我把财产变现、准备遗嘱的那时候起，就已经受到部分人士的注意。这场骚动是各位必须经历的，只是一时而已，熬过去就没事了。"

随着骚动愈演愈烈，我们和律师事务所的联络也越来越难。失去了发泄的管道，爸显得最焦躁。

我们三人自从被卷进这场前所未有的风暴后，很快就累得筋疲力尽。大家可能会认为什么都不必做就有五亿元可以拿，忍耐一下不就好了，可是虽说是有钱拿，钞票又不是就在眼前，我家也没有突然变成豪华大厦。生活明明没有改变，四周的环境却一下子都变了，当然让人受不了。我们又累又烦，越来越少说话，偶尔一开口就吵架，情绪变得暴躁易怒，一点小事就会让我们立刻抓狂。

尤其是爸妈，隔三岔五就擦枪走火。从什么牙膏没了、垃圾忘了倒之类的小事开始，接着就陷入冷战。他们以前从来不会为这种小事吵架，两个人一定是累了。像爸每天晚上从公司回来，脸颊就好像又凹进去了一点。

这时候的我们，就像三艘船头绑在一起的遇难船，在看不到任何岛屿的汪洋大海中漂荡。虽然看得到彼此的身影、听得到彼此的声音，却无法互相帮助。更惨的是，无线电只听得到杂音。

说来丢脸，当时我完全没发现这些小争吵并不只是情绪上的宣泄，其背后还有更深的含义；我也没发现，只有我一个人把外来噪声当作一般杂音，听过就算了。

那时候，我只不过是个"幸福的孩子"而已。

就像旋转舞台转啊转的，事情终于要迎来新的局面。七月十四日——那时我真的是掰着手指头等待暑假来临，因此绝不会记错日期。

当时，我每天早上都要躲避在上学途中突然冒出来的记者，拼命冲进校门，进去之后，还要忍受连老师都喊我"五亿元"的日子。唯一能够脱离这种生活的合法手段就是暑假，我真巴不得暑假赶快到来。

在足球社练球时，去捡球就有球对准我的脸踢过来，练顶球就有人伸腿把我绊倒。不是我有被害妄想症，所谓学校，就是硬把种种不满用盖子盖住，再用螺丝拴起来的地方，要是哪里产生裂缝，积压在里面的愤怒、不满和怨念就会爆发出来。大家都戴着开玩笑的面具笑着发动攻击,甚至连老师也掺一脚。没办法,老师也是人嘛。

当然,其中也有出面阻止这些恶作剧的老师,但毕竟寡不敌众。虽然"学校有自治权"这块盾牌可以抵挡媒体入侵,可是当校内骚动越闹越大,导师便打电话到家里,建议妈暂时让我请假不要去学校,说是期末考也考完了,不会有什么影响。

妈似乎也赞成,但是我死也不愿意。也许大家会觉得我明明巴不得赶快放暑假,这种态度是自相矛盾的,但我就是要争这一口气。你们能了解吧?

反正,当时的我,就好像足球比赛一开球,就发现所有的队友都投奔到对方阵营、朝我方球门攻过来的守门员一样,只能眼睁睁地愣在那里,而且,连裁判都背对着我。

只有和岛崎在一起的时候,我才能稍微喘口气。因为他睁大眼睛、竖起耳朵,努力做我这艘遇难船的锚,不让我被带到更危险的暗礁里去。

而且,第一个通知我事情发生变化的也是他。

那是学校放学、社团活动结束、傍晚五点半左右的事。我绕到岛崎家,为了不妨碍店里做生意,从后门爬到他那个天花板低得像阁楼的小书房,喝着他请的可乐。他们家就在我回家的路上,以前我就常去,这件事发生之后,为了躲避算准我回家时间的狗仔队,也为了避免成为附近欧巴桑八卦的对象,我变得更常去他家。

"刚才在楼下店里看到的,是这一期的。"

说着,岛崎把一本八卦周刊丢给我。

"事情有了新进展，里面刊登了泽村的照片。"

我大吃一惊，把周刊捡起来。"真的吗？！"

我会这么惊讶是有原因的。因为在那之前，我完全不知道泽村直晃长什么样子。

前川律师说泽村先生没有照片。妈认识他，所以还好，但我和爸都很想知道他的长相，但不管怎么拜托律师，他总是坚持没有照片。

关于这一点，杂志与电视媒体也和我们一样，好奇心始终没有得到满足。要谈论一个人，照片给人的说服力不是文字所能比拟的。无可奈何之下，媒体只好以中年绅士风的插图来充数。

"我想，不是他死前叫别人帮他处理掉照片，就是他自己先收拾掉了。不过，他可能本来就没什么机会拍照吧。又不是艺人，一般人要是没有家庭，也不太会留下照片的。"岛崎也这么说。

因此在那之前，"泽村直晃"对我而言只是字面上的人——他已经死了，应该说是字面上的鬼吧。反正，我只认得他的名字，而且对插图一点感觉也没有。

现在竟然出现了他的照片！我连忙翻开杂志。

"他们是从哪里找到的？"

"这可是个大独家呢。"岛崎难得地露出忧郁的眼神，"这下事情不妙了。"

"怎么说？现在就已经够不妙的了。"

"你先看了照片再说。"

我照他的话翻开那一页，看到一张有点模糊的黑白照，照片占满一整页。

照片是一个高个子男人，瘦瘦的，看起来很聪明。照片会模糊，是因为被拍的人在移动——他正以匆忙的脚步从画面右边横越到左边。

黑色西装配上素色领带，因为外套没有扣上，下摆随着动作微微翻起。他侧头看向旁边，所以只拍到大概四分之三的脸。

他的左手没有拿东西，右手手肘有点弯，大概是插在外套或长裤的口袋里。这个姿势看起来好眼熟，很像全日本的男性驾驶员走近车子时的标准动作。对！他一定是在掏车钥匙。说到这个，画面旁边也拍到一点类似保险杠的东西。

标题上确实写着泽村的名字，但我却觉得不是他，因为泽村应该是个五十五岁的老头子。

可能是察觉到我的疑惑，岛崎解释道：

"那是一九七六年拍的。你看，西装的剪裁不像现在这么宽松。所以说，那是泽村直晃十五年前四十岁的模样，算起来比被你妈救了一命时多了五岁。"

岛崎靠在椅子上看着我，以他一贯平淡的语气，说了一句今后我将在许多地方以各种方式听到的话："感觉是个很酷的美男子。"

我没说话，因为我也同意。

"至少比你爸英俊。"

我先声明，只有岛崎敢说得这么直接。

"老实说，是英俊多了。"

"知道了！你很烦。"我做了一个赶苍蝇的动作，"你先不要讲话。"

妈救了这个男的,而且过程就像夸张的老动作片一样。

"拍这张照片的时候——他应该已经是中年人了吧?"

"这个嘛……'中年'这个词给人的印象很差。男人在四十岁可是精力最旺盛的时候,不如称为'壮年'吧?"

虽然是我自己问的,这样的反应很没礼貌,但岛崎的回答我完全没在听,因为我的注意力全被照片吸引住了。

"他一定很有女人缘……"

"一定的吧,况且他又很有钱。"

"不知道有没有女人?"

"有吧。"

"那这张照片,应该是那个女人拍的吧。"

岛崎仰望着天花板直接摇头,说道:"如果是女人,应该会喊他一声,让他面对镜头再按快门。如此一来,那个叫泽村的就会把相机抢过来,拉出底片直接丢进垃圾桶,这个啊,是偷拍的,政府拍的。"

"政府?"

"报道里写了。当时某家汽车零件制造商的股票收购案爆发丑闻,惊动了警方,不过那年发生洛克希德案,因此他们没有采取什么大动作就解决了。由于泽村直晃跟这个事件有关,曾被盯了一段时间。我不晓得这照片是怎么流出来的,不过都已经过了十五年,那件案子的时效大概也过了吧。"

"不过,"我看着照片说,"这又有什么好不妙的?"

岛崎叹了好大一口气："因为这样演员就全到齐了。"

"我不懂。"

"这张照片很可能会变成导火线，因为周遭的人一定会大惊小怪。谁受得了啊，搞不好会爆发也说不定。"

"谁会爆发？"

岛崎像小朋友闹脾气那样摇着头。

"这时候，要是泽村直晃是个丑到最高点的猪头就好了。人类是很单纯的，很容易被外表影响，偏偏却事与愿违，虽然无可奈何，但真的很糟糕。这下大事不妙了。"

岛崎一口气说完，又从鼻子里哼了一下，弄得我一头雾水。

"你到底想说什么？"

"你啊，"岛崎在我面前蹲下来，"上次我不是跟你说过吗？虽然这很容易忘记，不过我们的爸妈也是年轻过的……"

"对啊。"

"同样地，我们也不能忘记，即使是现在，他们一样也有颗纯洁而容易受伤的心。"

我慢慢地眨了好几次眼。"岛崎……你是不是身体不舒服啊？"

"没有，只是觉得有点悲哀而已。"

"悲哀什么？"

"因为我明知道接下来会发生什么事，却无能为力。"

说完这些神秘兮兮的话，岛崎低头看着我，用温柔得令人恶心的声音说：

"我跟你说，这个房间的窗户我不会锁上。另外，这里还多出一床棉被。对了，我家晾衣台的楼梯从上面数第三级台阶的木头烂掉了，你要小心一点。"

我开始担心岛崎是不是脑筋短路，心里七上八下地回到家。但不到一个小时，我就知道自己担心错了，同时也了解到，可能会发疯的不是他，反而是我。

回到家，妈一个人站在厨房。这几天连买东西都是一件大工程，所以也没办法煮出一顿像样的饭来，不过今天应该没问题了吧。

"我回来了。"

我跟妈说话，妈却没反应。仔细一看，她把烫好的菠菜放在砧板上，右手握着菜刀，呆呆地望着天空。

一直到很久之后，我都还记得妈当时的表情。有点空虚，有点寂寞，还有一点令人难以接近。

以前我一直认为，所谓母亲是绝对不可能令人感到难以接近的。或许因为如此，我才会留下这么深刻的印象吧。我不敢出声，只能默默地看着她，期待她会发现我，对我说声"你回来了"。我非常希望不必我一直喊，她也会转过头来看我——不知道为什么，当时这一点对我来说非常重要。

可是，妈没有注意到我，也没有转过头看我，只是微微歪着头，呆呆地站着。我终于忍不住了。

"妈。"

没反应。

"妈！"

还是没变化。

我用两手敲了餐桌。"妈！"

妈吓了一跳，菜刀刀尖抖了一下，然后立刻转过头来。

"啊……小男啊。"

"什么小男！你是怎么了？"

"你什么时候回来的？"

"刚刚。"我有点生气地说，"你在想什么啊？再发呆下去，菠菜都要在砧板上生根了。"

"少恶心了。"妈露出门牙笑了，"你饿了吧？再过十分钟就可以开饭了，去洗手。"

为了不让自己在这十分钟内饿死，我从餐桌上的篮子里拿了一个苹果。

"我已经不是小学生了，这种小事不用你吩咐。"

"哎呀，是吗？那真是对不起了。"

厨房里开始响起轻快的切菜声。我背着书包，啃着苹果正要离开厨房时，对妈说："对了，刚才我在岛崎家看到泽村先生的照片了，杂志登出来的。"

切菜声突然停止，妈维持相同的姿势说："这样啊。"

"妈没看到？"

"嗯。杂志登出来了吗？"

"对啊，不知道是从哪里挖出来的，还登了一整页。"

"真是夸张。"

我啃着苹果笑了。"不过，真是吓了我一大跳。泽村先生还蛮帅的。"

"是吗？妈已经忘了。"

菜刀又动了起来，瓦斯炉上的汤锅烧开了，妈很快地打开锅盖。我穿过走廊，吃着苹果，正要打开自己的房门时，不禁停下脚步。

走廊角落有个爸利用假日做的三脚架，最下面那一层堆着旧报纸。妈是个很一板一眼的人，平常都会整理得整整齐齐，但不知道为什么，今天那里却坍塌下来。

我弯下腰去堆好那些塌下来的旧报纸，看到里面塞了一本杂志。

是我在岛崎那里看到的刊登了那张照片的八卦杂志。

什么嘛，妈明明就看到了。

但是我却不敢回厨房问妈，绝对不能问。为什么要把杂志藏起来？为什么要装作不知道？妈会感兴趣是理所当然的，但为什么要这么做？

我应该要问的，却问不出口，不管怎样就是问不出口。

可是，之后回到家的爸却问了。

我先说结果。那天晚上，我们没有吃妈准备好的晚餐。爸一回到家，就马上走到冰箱拿出一罐啤酒，一口气干掉半罐之后，以一句"我有话要说"打开话题，我们平静的晚餐时间就此泡汤。

我坐在电视机前的沙发上，妈就着餐桌看报纸，爸走到餐桌旁站住，手里紧紧地握着啤酒罐。

"没头没脑的，什么事？"

和爸的开场白比起来，妈这句话更让我心惊肉跳。

"你明知道是什么事!"爸说完,拉开椅子一屁股坐下去,"今天三宅所长特地把我叫过去说了一顿——都是你让我在部下面前丢脸!"

三宅所长是爸的上司,也是爸妈的媒人。每年过年,我都要去向他和他太太拜年。他很大方,每次都会给我一个大红包,因此我每年都很期待去他家。

不过,除了红包之外,我还有更大的目的。三宅所长的嗜好是射击,家里有比赛用的枪。我第一次听到时兴奋得不得了,一直不停地问问题,嘴巴怎么都闭不起来。爸妈对我使眼色,叫我不要再问了,但三宅所长却很高兴,还告诉我许多他去参加大型比赛或是去阿拉斯加用来复枪射击的事。不只是这样,他还拿霰弹枪和装了子弹的真枪给我看,并放到我手中。没想到枪那么重,我惊讶极了。我用两手托着,却连所长帮我拍照的那一分钟都支撑不了。

"你长大之后可以去考执照。等你考上,我就把我会的全部教给你。"

听到所长这么说,我真是高兴极了。

在我的眼里,三宅所长是男子汉的典范。而那个人竟然把爸叫到办公桌前,让爸难堪?

究竟是丢什么脸?

爸又灌了一次啤酒,把空罐丢到餐桌上,低声问道:"聪子,你和那个叫泽村的到底是什么关系?"

在一阵令人冷汗直流的沉默之后,妈慢慢地说:"我听不到。"

"你说什么?"

"我说我听不到！你干吗不大声一点？大声把你的问题说清楚啊！"

爸缩紧下巴瞪着妈，说："你这什么态度！"

"我？你才可恶吧！一回来这算什么？"

"我忍很久了！"爸突然提高音量，声音都哑了。我好久没看到爸这样大吼。自从上小学四年级的春天，我瞒着妈跟朋友两人搭电车到上野公园去玩的那次被这种声音吼过之后，就再也没有听到过了。那时也很恐怖，恐怖到连找到我的警察先生都过来安抚爸。

可是，那时老爸不像现在这样弯腰驼背，也不像现在这样低头窥探别人的脸色，更不像现在这样神情这么凄惨……

"我一开始就怀疑了！一个非亲非故的人，怎么可能会留下五亿元给你？但是，我想……你……你不可能会做这种事……所以我才一直忍耐到现在。"

"你何必忍？"妈僵着脸说，"只要像现在这样直接问我，我就会回答你，而且回答几次都可以。我和泽村先生没有任何特别的关系，我也把和他认识的经过都告诉你了。"

爸一脸像是咬碎苦东西的表情，露出轻蔑的笑容："那种鬼话谁相信！"

"鬼话？你是说我编出来的？"

"废话！有谁会为那种事情感恩戴德，二十年后还把财产全部留给你！"

"可是那是事实啊！"

"少骗我了！"

"不然你要我怎么办?"

"爸……"

我一开口,爸看都不看我一眼就大吼说:"小孩子不要插嘴!"

"不要吼雅男!"现在就连妈的声音都开始颤抖,"在小孩子面前,你丢不丢脸!"

"别吵了。你们这样对吼又不能解决问题!"我把抱枕丢出去,插到爸妈中间,"你们不要大呼小叫的,冷静一点!"

"雅男,你去给我待在房间里。"爸把我往走廊推。我站不稳撞到墙壁,可是我才不会就这样退缩。

"不要!别在这时候才把我当小孩。"

"你说什么……"

"没出息的东西!"不知道是不是因为紧咬着牙根,妈太阳穴的青筋直跳,"心里怀疑,却只能忍着;因为不敢问,所以只能一直忍。我早就知道了。"

我吓了一跳,转头看妈。妈两手握拳。

"所以我一直在等,等你当面开口问我。我早就准备好了,只要你敢问,我就一五一十地回答你。但你看看你现在的样子,你只会用这种没出息的方式问吗?"

"这种事怎么问还不是一样!反正答案都一样。"

"不一样!你自己是怎么想的?我要知道的是你的想法,不要拿你公司里那些人教你的屁话来胡说八道!"

"聪子,你……"

"我跟你说实话,你却不相信,那我也没办法!"

"你哪了解我的心情!"爸一脚把椅子踢开,倒下的椅子撞到盆栽的盆子,发出响亮的破裂声,"你知道我的心情吗?每天都在公司被一群人在背后笑着指指点点,被人瞧不起!说什么老公总是最后一个知道,还有一大笔遗产可拿,真叫人羡慕!你听听看这是什么话!全世界都知道你是泽村那家伙的什么东西!"

"什么东西?知道什么?那些人又知道什么了!"

"按常理去想,谁会不知道!"

"那算什么!难道你不相信我说的话?"

"我可不是笨蛋!"

事情的发展令人难以置信。

"爸……原来你是这么想的?"

我总算挤出一句话。爸看都不看我,把视线转开。

"因为妈是泽村先生的爱人,他才会把遗产留给妈……你是这样想的吗?"

爸没有回答,只是往后退,看起来就像是死都不愿意碰到我和妈的样子。

"雅男,那就叫社会上的常识。"妈低头小声地说,"而你爸爸宁愿相信那些常识。"

我双脚无力,几乎瘫坐在地上。

这几天,爸妈在家里不断上演的小冲突底下隐含的是什么,我总算明白了。

原来如此……原来对妈所说的过去深信不疑的,只有我而已。

"要是我不接受那笔钱呢?那总可以了吧?"

爸又刺耳地笑了几声。"那也不能改变泽村把钱留给你的事实。不管你要不要收下，我一样是戴了绿帽子。问题根本不在钱。"

"不然你要我怎么做……"

"我已经受够了。"爸说着，缓缓背对我们。

"我再也无法忍耐了。在公司里，从打扫的阿姨到工读生，开口闭口都是这件事。今天甚至还带那种杂志来……"

这么说，爸也看到那本杂志了。

"所长今天跟你说了什么？"妈问道，语气不再是质问，而是只剩疲惫。

"他当着你部下的面，到底跟你说了什么？"

漫长的沉默之中，只有电视机的声音。是我之前在看的棒球赛转播，巨人对养乐多，由桑田主投。

——现在的情况是一个好球、两个坏球。今天这场比赛出现非常多次内野滚地球。谷泽选手选择什么打法呢？这时……

爸的声音盖过了播报员。

"他说连雅男是不是我的小孩，都令人怀疑……"

爸说到这里就停了，好像是因为我发出了什么声音。但我不记得自己到底说了什么。

妈慢慢举起手遮住脸。

"我问过那个律师了……泽村也跟我一样是A型。如果不正式鉴定，没办法确定……"

"不要在雅男面前说这些！"

"会这样是谁害的？"

这次我真的瘫坐在地上。

"我要搬出去。"爸小声地面对墙壁说,"我收拾完东西就离开这里。这样对你们也比较好,反正你们生活也不成问题。"

"你要搬出去……去哪里?"

妈头也没抬地问道,爸没回答,只是摇晃地拖着脚步往里面走去。他真的要去收拾行李了。

"去那个女人那里吗?"

妈抬起头来问道。她虽然没哭,可是在这短短几分钟之内,脸色却变得像整夜没睡一样憔悴。

"我说过,你外遇的事,我早就知道了。"

爸在走廊上停下脚步,回头说:"这样就平手了,不是吗?"

爸打开门走进房间。等他十分钟后回到客厅时,手里提着一个平常出差时会带着的黑色行李袋。

然后就真的离开家了。

"对不起。"

我还记得妈脸朝下趴在餐桌上,小声地向我道歉。

"对不起,再给妈……一点时间。妈想一想……再用你能明白的方式解释给你听。"

我悄悄地走出家门,来到外面走廊,看到隔壁的正冈阿姨从门缝里露出脸来。

我停下脚步,嘴唇发颤,什么话都说不出来,但心里仍期待她能安慰我,结果她却急忙把门关上。

等我回过神，我已经穿过夜路走到岛崎家附近了。我不想从玄关进去，不想让岛崎家的伯父伯母看到我这张脸，不想让大人看见。所以我翻过墙，爬上晾衣台，想从那里去他在二楼的房间。等到我踏穿楼梯的第三级，我才想起他的忠告。我重重地跌下去，在岛崎房间的榻榻米上着地，就掉在他书桌旁边。

岛崎坐在旋转椅上，表情非常严肃。

"你爸爆发了？"

我默默地点头，眼里第一次流出泪水。

等到第二天，妈才稍微平静下来，能好好谈话。

话是这么说，其实也没有谈多久，因为没那个必要。妈只是这样告诉我。

"以后爸妈会怎么样、有什么打算，现在还不知道，暂时也只能静观其变吧。妈也还没有力气想那么多。不过不管怎么样，妈什么事都会跟你商量，以你的心情为最优先，再决定该怎么做。"

说着，妈眼眶又红了。

"你爸会说那种话，是因为他整个人都乱了。你可以生你爸的气，你也有理由生气，但还是原谅他吧。雅男，你的确是爸跟妈的孩子，妈跟泽村先生是清白的。妈和泽村先生的关系，就像妈之前说的，就只有那样而已，你要相信妈。"

面对这么严正的誓言，我只能回答"好"。再说，这时候放声大喊"骗人！那爸为什么要走？"或是尖叫"妈最烂了！"再把自己关在房间里抱着膝盖哭，这种行为也太幼稚了……

说得那么好听，其实我真的很想那么做。如果让我选，我一定会那么做。不过不巧的是，我有军师，而且就是岛崎。

他对昨天晚上踩破晾衣台楼梯来访的我说："我了解你的心情。可是，你千万别大吵大闹，更别因为这样就想去当不良少年。你要冷静，不要感情用事。因为现在你家里能够做到这一点的，只有你一个了。"

所以，我相信妈的誓言。

"嗯，我知道。我相信妈。"

妈紧绷的肩膀，这时才放松下来。

"妈，那钱怎么办？不要了吗？"

妈默默地想着，大概想了油下锅变热那么长的时间，然后说："妈想收下那笔钱。"

"因为是泽村先生的遗愿？"

"怎么说呢……老实说，妈不知道泽村先生在想什么。虽然不知道，不过妈决定不把这笔钱当作送给我，而是'交给我'。"

"嗯。"

"所以，我并不打算自己独占那笔钱。泽村先生一定也是从以前发生的事，看出妈会这么做，才把钱交给我——妈是这样理解的。"

"是吗……那么我了解了。"我对妈笑了笑，"而且啊，妈，不管怎样，就算我们要回绝这笔钱，我们也有权收一些费用当作补偿。"

事实上，光是恐吓电话和死缠滥打要求捐款的电话造成的困扰，就够我们要求精神赔偿的了。那些电话绝大多数是新兴宗教团体打来的，还说什么"不捐款就会被诅咒"之类的话。他们所信奉的神，还真是个死要钱的神哪！

我们还收到一大堆像"我家之所以会穷，都是因为你们这种狡猾的人独占世界的财富。如果觉得过意不去，三天之内汇一亿元到这个户头"之类莫名其妙的信。除此之外，还有威胁恐吓、博取同情、哀求、示好、奉承拍马屁等内容，如果全部收集起来，都可以出一本《优美书信范例》的另类版本了。

其中只有一封让我觉得有点感动，信里描写他因为两年前中了乐透头奖而改变了一生。他在自我介绍中说，他原本是一个中小型食品公司的中层主管，而他熟练的文笔似乎证明了这一点。

"金钱，是试探人类本性的'试金石'。"

来信的人这么写。

"我原本只是一介小小的上班族，除了买彩票之外，没什么特别的兴趣。而我买彩票纯粹只是一种乐趣，并没有以中大奖为目标。然而，一旦手里多了一亿元奖金，我才发现世界以这笔钱为支点，歪了九十度。如果是一百八十度的话，我还能忍受，但是……"

结果他辞掉公司的工作，卖掉贷款买来的房子，搬到妻子娘家所在的城市，现在在那里帮岳父家经营家业。

"或许这个社会不够宽容，无法允许单纯的'幸运'吧。因此会施加负面的压力，设法削减那份幸运。在这里，我只想奉劝贵户千万要多加忍耐，愿贵户一家人平安度过这场风暴。"

信里还附了一张地方出版社的广告传单和订购单。看样子,他好像把他的经验写成书了,让人看了只能苦笑几声。不过,我也不是不能了解他的心情。

就这样,我们每天都收到超过一般家庭信箱容量的书信,不知如何处理的邮差便把信件交给管理员。日子一久,连管理员都不高兴了,说要提高我们家的管理费。由于确实造成了别人的麻烦,所以我们付了钱,道了歉,但是感觉仍然很糟。尤其是别人大声在背后说"多给一点会怎么样啊!真是小气,不会替别人着想"的时候。

正因如此,我才会建议妈,就算要回绝遗赠,还是一定要拿补偿费。特别是现在连爸都离家出走了,更是非收不可。

"话是这么说……雅男,要不要暂时搬到别的地方去住?"妈提出这个建议,"留在这里已经没法过普通的生活了。前川律师也建议我们搬走,说是为了避免危险,还是躲一阵子比较好。"

前川律师所说的"危险",大概是指强盗吧。我点头说:"好啊,反正就快放暑假了。暂时不住这里,骚动应该会冷却一点吧?"

妈笑得很落寞:"但愿如此。要是逼得你非转学不可的话,那就麻烦了。"

"放心,不会的。"

因为我有岛崎啊……我心里这么想。

"搬家的事,妈之前就考虑过,现在你爸走了,就更有必要了。你心里一定觉得不舒服,不过要是附近的人跟你说什么,可千万不要跟人家争论……"

话还没说完，妈突然停下来，举起手示意我"等一下"，然后压低声音说："玄关那里好像有人……"

我悄悄地从椅子上溜下来，贴着墙移动，来到客厅后，眯起一只眼睛看过去，发现大门开了一个约十厘米的缝，从那里可以看到人影。我深吸了一口气，大喊一声："请问哪位？"

门以响彻全公寓的声音关上了。我和妈跑过去，打开门探头看向通道，正好看到同层楼角落有扇门关上，因为太匆忙，还有东西被夹住。虽然距离很远，看不清楚，不过照颜色判断，应该是围裙的一角——接着，门又开了一下，那东西缩进去了。

我和妈互叹了一口气。

"这里的人都知道你爸走了，也知道你爸为什么要走。"妈小声地说，"说不定我们一直被人监视，早就什么都被看光了。"

"我很不愿意这么想，"我想起昨晚门缝里正冈阿姨的脸，"不过，搞不好正冈阿姨正拿着玻璃杯偷听我们讲话呢。"

正好在这时候，隔壁邻居家传来东西打翻的乒乓响声，紧接着是玻璃碎掉的声音。

看样子真的被我说中了，我和妈面面相觑。

我们已经没有半个好邻居了。

"先搬家再说吧。"我说。

"边走边说吧。"我说着，下了脚踏车。

我和岛崎骑着脚踏车飞奔到临海公园。我们有时会跑来这里看海，不过今天有点特别。

"我怕在我家或你家讲,会被别人听见。"

我一边说,一边将双手插在口袋里走着。今天是七月十六日,我们还没放暑假,但高中和大学好像已经开始放假了,因此即使是平日,人也很多,而且有许多年轻的情侣。

"原来如此。"岛崎被强烈的海风吹得皱起眉,点头说,"你跟你老妈谈过了?"

"谈过了。"

"她怎么说?"

我笑了笑:"叫我相信她。"

"是吗?"岛崎感慨地说,"血型的事也确认过了?"

"嗯,确定没错,我爸跟泽村先生都是A型,所以光靠血型无法判断。要是真的打亲子鉴定官司,出来的结果准确率很高,但很花时间。"

这些是前川律师告诉我的。我打电话问他的时候,他好像马上就知道我的目的,很仔细地解释给我听。最后以很过意不去的语气说:"昨天你爸也打来问同样的问题。"

这一连串的对话,让我对前川律师另眼相看,因为他并没有用"你还是小孩,这些事你不用管"的话来敷衍我。这种大人其实很少,程度就跟一袋 M & M's 里只有几颗绿色巧克力差不多。

我们没说话,走了一小段路,望着那片蓝得令人不敢相信是东京湾的海。岛崎问我:"那你接下来有什么打算?"

我指着右边圆形屋顶的水族馆说:"我们先去那边,有机会也进里面看看吧。"

在找到因建筑物太大而不起眼的入口，买了门票进去之前，我们只是默默地走在一起。一群像是高中生的男女，笑闹着越过我们。

"哇啊，好大哦！"

一进大厅，就看到这个水族馆的卖点——可以直接看到鲔鱼来回游动的圆形大水槽。一条条像银色子弹的鲔鱼从右边游到左边，出现了又消失。看了一阵子之后，我慢慢地说："你肯不肯帮我？"

"帮什么？"

"我想查出事情真相，让自己冷静下来。什么都不做的话，只会胡思乱想，想找人出气。那样根本是浪费力气。"

发生太多令人震惊的事了。爸说的那些话——被我敬为男子汉典范的三宅所长不但怀疑妈的清白，还挑拨爸……

但是，我不能被这些绊住。

差不多有十条鲔鱼游过去了，岛崎一直没说话。他摘下眼镜，从口袋里拿出手帕，仔细地擦他的镜片，接着把手帕收起来，以他那没戴眼镜就突然显得孩子气的脸庞朝向我。

"你的意思是，要调查你妈说的话是不是真的？"

"嗯。"

"为了消除你爸的怀疑？"

"这也有……不过，应该是为了我自己。"

这件事和我关系最密切，因为攸关我的身世。我做梦也没想到这辈子会有用到"身世"这个字眼的时候，但火星都溅到身上了，不拍掉也不行。

"你不相信你妈妈吗？既然是为了自己，就更应该相信她。她是你的母亲。"岛崎说。

"我相信啊，我真的很想相信。"

"那……"

"可是，既然蒙受了不白之冤，就该由自己证明清白。之后，说不定真的会打起亲子鉴定官司。要真是那样的话也没办法，但我不想被人当作东西一样对待，我又不是用来做遗传实验的豌豆。"

我想比任何人都早一步知道答案。就算不可能，至少也要尽力试过。

"我不能因为自己是小孩，就自艾自怜，坐在那里哭着说'求求你们不要伤害我'。我不能老是这么被动。你不觉得吗？"

岛崎还是默默地凝视着鲔鱼，我则凝视着他的侧脸，等他说话。

终于，他慢慢地戴上眼镜，再度面向我。

"吾友啊。"他露出精明的笑容，"亏你下得了决心。"

我也跟着一起笑了："你肯帮我吧？"

为了进行调查，我们必须先厘清一些基本的疑问。没有方向地胡乱采取行动，只会白费功夫。

"首先，从客观的角度来看，你觉得如何？泽村先生为什么要把财产留给我妈？"

我在五彩缤纷的热带鱼水槽前停下脚步，打开话题。在采用间接照明的这一楼层中，参观这个水槽的人最少。热带鱼是很漂亮，不过像这类的热带鱼,最近在稍大一点的咖啡店也能看到。

"那我就直说了?"

"没问题。"

岛崎推了一下镜框边缘,面向水槽,神情严肃地开口了。

"一听到遗赠的事,我就怀疑过'那种可能'了。"

"这么说……"

"嗯。就像你爸和他公司里的人说的,你妈跟泽村先生可能有更深的关系,而你是他的孩子。"

"更深的关系,"我喃喃地说,"好含蓄的说法啊。"

"对呀,很深——这些鱼都栖息在很深的海里吧?"

岛崎突然改变话题,我转过头去看他,才恍然大悟。他旁边有个穿着开襟衬衫、看起来很凶的大叔正盯着我们看,好像是听到我们刚才的对话了。

"是啊,一定是住在很深的海底吧。"

我附和着岛崎。那个大叔一脸诧异地离开了,还不时回头看我们。

"如果这里也有海獭就太棒了!"

岛崎故意装可爱地大声说完,立刻恢复正经的表情望向我:"希望你不要觉得不舒服,其实我爸妈也谈过这件事。"

"谈过海獭的事?"

"笨蛋,不是。是关系很深的事。"

"我知道。"我笑了,"不过,那也是当然的吧……"

"我不会说是当然。但至少那种说法比起你妈妈的更容易让人接受，也更为合理。"

"这我同意。我妈说的一般人反而很难相信吧。"

但岛崎却连忙摇头。"不要误会，我并不是完全否定那些话的可能性。你妈说的事情确实发生过，而泽村先生为了感谢，留下遗产给她，这种事一点都不会不合理。"

"是吗？"

"是啊。像他那种——怎么说？孤独一匹狼？现在可能没人这样讲了。反正像他那样的人，的确很有可能会一直记得那个不求回报、救自己一命的女孩，这一点都不奇怪。"

"那不合理的地方是……？"

岛崎白皙的额头皱了起来，露出苦思的表情。

"如果泽村先生——啧，好麻烦。我就直接叫他'泽村'吧。如果泽村真的很感谢你妈，想把钱留给她，应该不会用这么直接、这么没神经的方式才对。你想想看，他是个比别人聪明好几倍的人，也在社会上打滚过，不只如此，他根本就是从社会口袋里偷钱的人。他应该知道，如果留下遗嘱把钱遗赠给某人，会给得到那笔钱的人惹来极大的麻烦。而且，照你妈的说法，他们只是在二十年前来往了短短两星期而已。说得难听点，你妈，啊啊——这也好麻烦。我可以说'聪子'吗？"

"嗯，可以。"

"好。聪子很可能早就忘记他了。要是这样，他打算怎么办？"

我们从这个水槽移动到那个水槽，我仔细思考岛崎说的话。我眼前有一条披着飘逸外衣的鲜黄色的鱼，嘴巴正一开一合。

"你懂吧？如果他真的是基于感谢，为了遵守二十年前的口头约定而把钱留给聪子，应该会以更细心、更不引人注目的方式才对。就算再怎么离谱，也绝不会为她惹来不必要的麻烦。他不是傻瓜，应该很清楚这个世界没有那么单纯美好，不是所有人都会相信他们俩的过去真的只有那样而已。比起极少发生的事实，人们还是宁愿相信常见的谎言，这样比较容易活下去。"

"嗯……这个我懂。"

"因此，他应该可以在事前做好各种预防。他既然那么有心，与其花时间订立遗嘱，不如把聪子和她的家人找来，由他亲口说明事情原委，表达感谢之意，再问她是否愿意收下这笔钱吧？这样至少可以避免聪子的丈夫、孩子产生不必要的误会，让她那么痛苦。不是吗？"

"你说得对。"我说。黄色鱼的嘴巴还是一开一合，看起来好像也在说："小弟弟，你朋友说得一点也没错。"

"可是，他却那么大张旗鼓。这可不是说一句'吓到了吧？哈哈哈'就能算了的。他自己死了是无所谓，活着的人可就受罪了。"

"搞不好还得去做亲子鉴定。"

"就是啊，还害你变成泽村偷偷留下的私生子——这种鱼会偷偷生孩子。为了怕敌人来吃蛋，这种鱼会把蛋生在岩缝里，我在图鉴里看到的。"

话题又突然改变，我一转头，这次是给人"模范家庭"感觉的一家人。抱着两岁小女孩的年轻爸爸和肚子隆起的年轻妈妈，一起瞪大眼睛看着我们。

"把蛋藏起来？真好玩，你怎么知道这么多东西啊！"

我以佩服的语气这么说，朝着那一家人微笑："你们说对不对？"

那一家人面面相觑地走开了。岛崎开心地朝着他们背后大声说："我们赶快去找熊猫海豚吧！"

我小声地说："这里没有熊猫海豚。"

"啊啊，累死了。"岛崎叹了口气，"真是找错地方谈事情了。"

"可是，我们两个小孩也没办法去咖啡厅啊，麦当劳又吵得没办法好好说话。"

"未成年还真是不方便。总之——呃，我刚才讲到哪里了？"

"我是泽村的私生子……"

"对对对，甚至还让人怀疑你是泽村的私生子，这可不是道个歉就能算了的。"

我们靠近下个水槽，里面什么都没有，只看到海草摇晃着。

"奇怪，里面没东西。"

在几步之外认真看着说明板的岛崎说："有啊。"

"什么？"

"电鳗。"

可是，我又仔细看了看，水槽里还是没东西。我走到玻璃旁边，把双手和脸贴上去。

"在哪里？"

"就在你左手边。"

我一点都没夸张，我真的向后跳了一米远。在我前面的岩缝之间,横躺着一条又长又滑溜的东西。刚才靠太近,反而没看出来。

"不用怕,中间还隔着玻璃,电不到你的。"

"我讨厌长长的东西,像是鳗鱼、蛇、蚯蚓之类的。"

"没有多少人喜欢吧。"岛崎边说边往下一个水槽前进。

"我懂你意思了。"我边说边拿手往裤子上擦,想擦掉和鳗鱼间接接触的触感,"也就是说,泽村这个人既不笨也不是没神经,却做出这么没大脑的事,一定有什么目的,是不是?"

"答对了。"

"那他有什么目的?"

我们离开这个楼层往上走,等楼梯爬完,岛崎开口说:"这个说法可能比较露骨,不过我认为,泽村可能是希望自己死前可以重新上市。"

"上……市……?"

"可不是真的把人拿到市场卖。所谓上市,就是公开发售股票,向公众募集资金。你应该多查字典才对。"

"这种事我知道!"

"那你也应该知道我这个比喻的意思吧?"

因为我一下子答不出来,只能闭上嘴巴,岛崎微微一笑。

"泽村可能是想试试看,聪子和她的儿子肯投资多少钱买他这只股票。"

"……什么意思?"

岛崎缓缓地说:"我可以说得更直接吗?"

"可以啊。"我做好心理准备,站稳脚步。巧的是,我们刚好靠近耐性坚强的乌龟水槽。

"这只是我个人的想法,你听听就好——我觉得聪子在说谎。"

"我妈说谎?"

"嗯。我想,她和泽村的关系并不只是过去那件事而已。"

经过我们这一路上的讨论,会得出这种结论是当然的。但是被这么明确地指出来,我的心还是揪了一下。

"看聪子见到前川律师,听他提起泽村时的反应就知道了。一个只在二十年前有过一些接触的人,她却马上就想了起来。"

(他去世了吗?)

"我猜想,他们曾私下来往过一段时间。从这点来看,你爸的怀疑是有道理的。"

"虽然不知道所谓的一段时间有多长,不过至少长到足以让泽村认为我可能是他的孩子,是吗?"

"没错,就是如此。"岛崎稍微歪头思考,"他们两人在二十年前相遇,那时聪子十九岁。而聪子在二十六岁时生下你,就是七年之后。"

"七年来他们都有接触吗?"

"不,这就不一定了。也可能是在这七年的时间里,他们又在哪里重逢。"

"不管怎样,反正我妈曾有段时间同时跟两个男人交往就是了。"

乌龟水槽传来阵阵腥臭,我抽了抽鼻子。也许是别的原因让我蹙眉,但我却想怪到乌龟头上。

"这是常有的事。"岛崎静静地说，"人类是不能预测的。再说，就结果而言，聪子还是选了你爸不是吗？"

"我得回去问我爸。"

"问什么？"

"问他说，以前跟妈谈恋爱的时候，是不是觉得有情敌。"

"问是很简单，不过我想他是不会回答你的，尤其是现在这种时候。"

我一动不动地盯着水槽。岛崎的语气第一次变得比较轻松："不过你可别忘了，这完全是我的猜测。"

"放心吧。"我抬起头露出笑容。

"我现在才想起来，我是个时间不合的宝宝。"

"什么意思？"

"我爷爷跟我说的。我爸跟我妈结婚八个月我就出生了，但我却不是早产儿。看，时间不合吧？"

岛崎嘴巴张开了一点点，没有出声。过了一会儿，他嘴角用力向两边拉，笑了，不过他的眼神是认真的。

"聪子曾经和泽村在一起，但是最后却和他分手，和你爸——绪方行雄结婚，然后你出生了。就这样，十三年的岁月过去……"

那时，突然间就好像蒙眼布被拿掉一样，我看清岛崎在想些什么了，也能够理解了。

我心里浮现的是孑然一身的一个男人，一辈子没有受到任何束缚，无妻无子，没有家庭，也没有继承人，没有留下任何曾经在这世上走一遭的证据，一个年仅五十五岁的男人临死前的面孔。

是的，他才五十五岁而已。死亡的预告想必来得突然。也许他从没想过他会在那个年纪死掉；也许他还有很多想做而没有做的事；也许他曾经一再寻思，自己的人生到底是什么？自己究竟是为何而活？有谁会记得自己曾经活过？

然后，他在病榻上突然想起那个十四年前分手的女人，以及她所生下的、可能是自己骨肉的婴儿……

"他没有证据，"岛崎以平稳的语气说，"而且他也没时间去做鉴定。所以，他下了一个很大的赌注。你可别忘记，泽村直晃是个投机客。在临死之际，他拿自己所有的一切来当赌注，而跟他对赌的不是别人，就是聪子。"

是赢，还是输？

"这个做法非常残酷，也非常自私。但是由此看来，他大概也没有别的选择了。他根本不在乎其他人，因为聪子一定了解他为什么这么做。没有必要为了第三者详细说明事情经过，只要把钱留下，聪子就会懂了。在这个前提下，他想看看她会不会接受这笔钱，如果接受，又会用什么方式接受。是他会赢，还是聪子这十四年的光阴会赢？他挺身面对这一场赌局，赌的是他自己，五亿元这笔钱只是他的手段而已。"

我想起妈说"妈跟泽村先生是清白的，你要相信妈"时的神情。

（你是你爸的孩子。）

这么说，妈是不打算赌吗？可是，妈又说她要接受那笔钱，而爸离家出走了。

赌局，现在才正要开始而已。

"怎么会这样？！"

我忍不住大叫出来，却听到岛崎非常做作地说：

"你好呆，那只是普通的鳖好不好。"

我吓了一跳，回过神来，才发现待在乌龟水槽前很久的我们，身旁站了一个女人。她身上的香水好香，几乎要盖过水的腥味。

"是呀，小弟弟。那个形状很特别的乌龟其实是鳖。"说完，她向岛崎微笑，"你懂得真多。"

岛崎拼命在脸上挤出假笑，不知道这位女士从哪一部分开始听到我们的谈话了。

"我是在图鉴上看到的。"

"是吗？鳖是可以吃的。这个你知道吗？"

"知道。不过，好残忍啊。"

"照你这么说，就什么都不能吃了……不过，你说得对，人类是很残忍的。"

她几岁？可能有四十五岁了。她真的非常美丽，苗条而优美的身形，穿上简洁利落的黑色套装更添风采，只有对我们微笑的嘴唇带着淡淡的红色。

在她立领的衣襟前，别着一个嵌了大颗珍珠的水滴形胸针。看到我痴痴地盯着胸针看，她举起手碰了碰胸针。

"你喜欢这个吗？"

"喜欢……"我像在做梦似的点点头，"好漂亮。"

"谢谢你。"她分别看了看我和岛崎，问道，"你们常来这里吗?"

"偶尔。"岛崎回答。

"我是第一次来,这里真漂亮。"

"因为还很新。"

"真不可思议,我每次到动物园去,都觉得好闷……因为我讨厌把活的东西关起来。可是在水族馆却不会这样,说起来好像有点不公平。"

"因为住在水里的生物是没有表情的。"岛崎慢慢地说,"它们不会像动物园里的动物那样露出悲伤的表情。"

那名女子突然笑了。"是这样吗?不过,也许它们其实正在哭。只是我们看不见它们的眼泪。"

我们俩对看一眼,拼命想找话接下去,她一一摸了摸我们的头说:"那么,小弟弟,再见了。我们一定会再次在这里碰面的。"

她消失了好一阵子之后,香水的香味依旧没散。

岛崎感叹地吐出一句话:"水族馆夫人。"

(我们会再次在这里碰面的。)

这个约定真的实现了。不过,那是很久之后的事了。

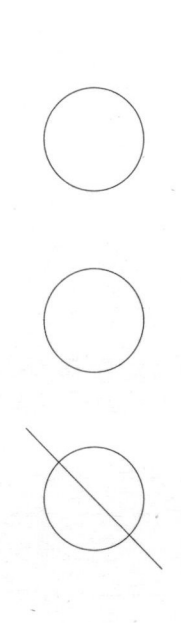

我记得,曾有人抱着我玩"好高好高"。

我已经记不得那是我几岁时的事了,一定是很小很小的时候。顶多三岁——不对,三岁已经不轻了,所以应该是两岁之前吧。

大家都知道什么是"好高好高"吧?那大多是男性亲属的工作,因为需要臂力。

把小孩子举到靠近天花板的地方,有时真的把手放开,以此来逗小孩。小孩子会因为害怕和好玩,被逗得大叫个不停。眼睛睁得圆圆的,手脚缩起来,一下子往上,一下子往下,接住之后又被抛出去。虽然没有什么学术上的根据,不过我觉得那种从很高的地方掉下去的梦——那种写实得不可思议的梦,一定跟这个游戏有关。

我是在跟妈一起准备搬家时想起这件事的。当时我正在阳台的柜子里物色要带走的东西,猛一抬头,就看到公寓中庭有一个年轻的父亲,正把不到一岁的宝宝举得高高地逗他笑。

"来!好高好高哦!"

小宝宝高兴的笑声传到我耳中。我站在那里一直盯着他们,小宝宝的笑声唤醒我脑海深处沉睡的记忆,鲜明的影像有如一阵色彩绚丽的暴风般从内心席卷而过。

是的,那确实发生过。我一下靠近天花板,一下又远离,耳边有大人的声音,把我扔出去,又把我接住。那是某个大人强壮的手臂,一双绝对不会失手漏接,一定会把我接住的可靠臂膀。

我看得入迷,不久就有一个很像是宝宝母亲的女性跑过来说"久等了",这对年轻夫妇便让宝宝坐上婴儿车,并肩走出中庭,可能是要去买东西吧。

(来!好高好高哦!)

再高一点!再一次!再一次好不好?爸爸。尽管害怕得想哭,但每个小孩子都会这样央求。心里虽然害怕,却又觉得好玩极了,因为爸爸绝对不会让我摔下去。所以,爸爸,再玩一次好不好?

爸爸。

可是,我爸爸却没有跟我玩过"好高好高",这是他亲口说的。

"雅男。"

背后突然有人叫我。我吓了一跳回过头,原来是妈。

"怎么了?愣在那里。"

妈想把塞满了衣服的行李箱提起来,却忍不住皱起眉说:"哇,好重。"

"妈,"我连忙问,"爸闪到腰住院是什么时候的事?"

这次换妈惊讶了:"你怎么突然问这个?"

"我刚刚突然想到的。爸曾经因为闪到腰住院过吧?"

妈随手拿了条毛巾擦擦手和脖子,点点头。

"有呀。不过那时你还是婴儿。"

"我几岁?"

"大概一岁吧。"

是吗……果然,我没有记错。

爸从年轻时就有腰痛的老毛病,好像是学生时代运动时不小心伤了腰,一直没有治好,过了二十五岁就经常腰痛,三十岁结婚时去看医生,医生都劝他尽可能早点接受彻底的治疗。

当然,当时的事我不会知道,都是听大人说的。再说,爸现在已经完全看不出有腰痛的毛病。他后来痛下决心去开刀,将病完全治好了,现在搬多重的东西都没问题,所以也才能去打高尔夫球。

不过,听说腰痛那时候真不是闹着玩的。爸到三十二岁的时候,甚至还严重闪到腰,被送到医院去。

那时候,我一岁……

据说爸当时总共花了半年多的时间住院、动手术和复健。就算痊愈了,一两年之内还是得小心保养,不能做剧烈运动,也要避免提重物。照医生的说法,整天几乎都坐着的上班族是腰痛患者后备军。也就是说,坐姿基本上对腰部就是一种负担,因此要避免造成更大的负担。说爸腰痛时过的日子"像千金大小姐一样,没拿过比筷子更重的东西"的,不是别人,就是爸自己。

那么,那时候跟我玩"好高好高"的,到底是谁?

不是爸。动手术之前,爸的身体状况没办法那么做;动了手术之后,就算他可以也不会那么做吧。

那么是谁?

是外公、舅舅、邻居,还是爸的朋友?没错,的确有各种可能,可是……

"雅男,你是怎么了?看起来很奇怪。"

我回过神来,妈正看着我。她流了一身汗,腰上挂着毛巾,这身打扮虽然不怎么好看,她的脸上却充满光彩。

"我们应该没有忘了什么吧?"我说,"感觉好像要去旅行。"

"对呀,因为家具都没动……"

虽说是搬家,又不是一下子就要搬很远。必须考虑很多将来的事,也有很多事必须善后。所以我和妈决定只带些随身物品,到东京市中心的短期出租大厦住一阵子。

五亿元遗赠的法律手续顺利结束了。前川律师劝我们这个夏天去租栋别墅来住——反正有的是钱,不过妈并不赞成。

"现在离开东京会让我不安。再说,我和我先生的事也还没解决……"

于是,律师便介绍我们去以酒店级设备为卖点的短期出租大厦。那里的老板据说是前川律师的同学,所以给我们特别优待,不收保证金。

"我想以后他会跟你们推销更贵的物件,所以这次应该会给你们不少优惠。"律师笑着说。

大厦位于市中心附近,晚上却十分安静,让我吃了一惊。住在这里,心思或许多少能安定下来吧。

那五亿元全数存在律师介绍的银行里。妈说现在还没有动那笔钱的打算,因为那是一笔可能会影响我们一辈子的钱,我也赞成妈的意见。

"——爸的东西怎么办？"

妈顿了一下才回答："放在这里，他自己会来拿的。"

爸妈以后如果真的要离婚，这里也算是夫妻的共同财产之一。要怎么处理，到时候才能决定。

这阵子，就连媒体也慢慢安静下来了，邻居也一副保持距离的样子。剩下的全是些不知道哪里来的攻击——死缠滥打的恐吓电话和骚扰电话，要我们存款投资的各家银行和证券公司，来推销可疑不动产的，来传新兴宗教的，等等。

这些人还变本加厉地半夜来按门铃，拿文件把我们的信箱塞爆。不过，最可恶的莫过于电话攻击，不管是半夜还是清晨，最狠的还一整晚每十分钟打一通无声电话。就算电话号码改了又改，他们还是查得到，紧追不舍，这份执着真是教我脱帽致敬。

要是让他们知道我们搬了家，一定还会追过来，因此这里的电话我们没有停掉。为了怕电话一直响会吵到邻居，我们拔掉了电话线。

你们爱打就打啊！打到死都不会有人接的！

"这个也要带走吗？"

我指着放在阳台上的胭脂花。它已经长得很大，开着一朵朵黄色的花。

大概是去年的秋末吧，妈不知道从哪里要来的种子，便在家里试种起来。在那之前，妈对种东西完全没兴趣，阳台上顶多只挂过风铃，因此我觉得很稀奇。

"听说会开黄色的花。我只看过白色或粉红色的胭脂花，黄色的倒是很特别，所以就要回来了。"

结果今年年初开花时,才知道种了全黄及黄瓣白蕊两个种类。岛崎来我家玩的时候还称赞过"很漂亮"。

胭脂花是生命力很强的植物,放着就会越长越多,现在花盆都已经快装不下了。

"丢在这儿也很可怜,而且不浇水会枯死。"

"那我绑根绳子,这样比较好提。"

"小心一点,打破就太可惜了。"

妈说着,拿毛巾擦我的头。

"看你满身大汗的。对了,你肚子饿不饿?出门前煮点东西吃吧。"

"对了,冰箱也得清空才行。"

"多亏你提醒,妈都忘了。"

妈煮了面,用剩下的六颗蛋煎了好大一个蛋卷。

"有部老片叫作《向日葵》。"

妈一边用筷子夹蛋卷一边说。

"电影里有一幕是一对新婚夫妻打了十个蛋——还是更多?反正就是很多蛋,做了一个好大好大的蛋卷。那是一部很悲伤的电影,只有那一段很好笑。看到这个我突然想起来。"

"有录像带吗?"

"有吧,那是部好电影,你也应该看看。"

"嗯。"我点点头,悄悄地把一个问题吞下去。

妈,那部电影……

你是跟谁去看的?

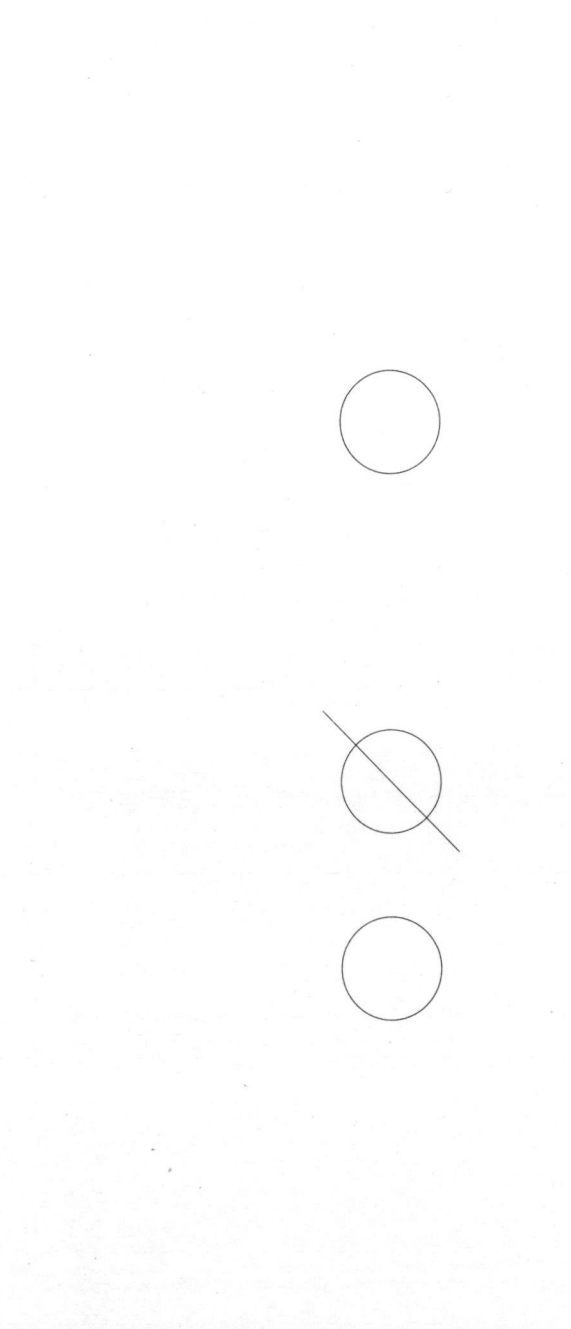

从期待已久的暑假第一天起,我和岛崎就开始着手调查。

国中生的暑假可是相当忙碌的。我身为足球社社员,岛崎身为将棋社社员,我们各自的活动时间表都排得满满的。两边社团都有很重要的活动,我和岛崎保证过一定会参加八月第一个星期开始的集中强化练习,以及二十日开始的集训营之后,才好不容易请到假。

虽然有点难以启齿,不过我还是老实交代好了。由于我是万年捡球员,又有五亿元骚动的后遗症,老师答应得比较爽快。麻烦的是岛崎。他明明是一年级的,却厉害到足以和他们的社团指导老师对战,更是他们将棋社秋季大赛的王牌,身负重任。

岛崎没有告诉任何人他请假的理由,这一点我真的很感谢他。要是将棋社的人知道我为了调查个人的私事,竟然动用到他们的希望之星和新王牌,他们是不会放过我的。将棋社的社长是三年级的学长,文武全才,同时还参加了柔道社,搞不好会一把抓住我,用双手背负投、十字固之类的招式修理我。

"你用什么理由请假的?"听到我这么问,岛崎老神在在地回答：

"我说我要到山里闭关修行。"

这算什么理由啊。

既然我们好不容易争取到短短的自由时间，便聚在一起拟订调查计划。第一个目标是真草庄，这是岛崎的提案。

"如果我们的想法是正确的，只要追溯聪子的过去，就一定可以在某处找到泽村的踪迹。不可能什么都找不到的。"

仲夏时节，即使待在太阳晒不到的阴影下，汗水照样流个不停。我和岛崎顶着大太阳，拿着地图到处走。行政分区虽然没变，但是江户川和荒川这一带，最近突然盛行开发改建，旧房子纷纷被拆掉，多了不少公寓、绿地和商业大楼。整个地方的气氛和二十年前想必截然不同。

果然，当我们来到真草庄所在的门牌号码，在那里迎接我们的却是一栋有着白色墙壁和圆顶阳台的漂亮五层楼公寓，叫作"醇爱·江户川"。

等我们请教上了年纪的管理员伯伯，才知道这是大型房地产公司推出的建筑物，连我们也常听到那家公司的名字。

"原先的房东不住在这里吗？"

"这不是房东和建筑商合推的建案啊。你们两个问这些做什么？"

"我们是要做暑假的研究作业……"我回答。这是我和岛崎事先想好的借口。"我们选的题目是'我家的历史'。这里以前的公寓，是我妈妈住过的地方。"

"哦？"管理员伯伯露出很佩服的表情，"你们选的题目真不简单啊。"

"因为这同时也是'一介庶民的昭和史'。"岛崎扶着眼镜说，"怎么样？可以告诉我们前任房东现在的住处吗？"

听到他的话，管理员伯伯似乎有点惊讶。他似乎开始怀疑我们后面有大人跟着，他透过小窗口上下打量我们。

我露出讨好的笑容靠过去："不行吗？伯伯，拜托！"

"也不是不行……"确认过没有大人之后，管理员的表情就更狐疑了，"我也只是领薪水的员工而已，对这一带的事情不太清楚。"

"可是，去问总公司就知道了吧？"岛崎沉着地说，"只要告诉我们电话号码和负责人的姓名，我们自己会联络。"

管理员的表情好像吃了什么很酸的东西："这个嘛……"

"负责人不可能不知道土地卖主目前的住址。这幢公寓还很新，屋龄有四五年吧。资料应该有留下来……"

我一面冲着管理员笑，一面狠狠地踩了岛崎一脚："伯伯，不行吗？拜托告诉我们。"

"不行不行。"管理员摇头。显然已经起了戒心。

"不管怎么样，就算你们去问总公司也没有用。这类资料是不可以随便告诉外人的。"

来到艳阳高照的外面，我对岛崎说："你啊，明明聪明得不得了，有时候却也笨得可以。"

"附近有商店街吗？"岛崎装作没听见，"找家老店问问吧。像那种老商店,多半还住着些老街坊,可能还记得真草庄的事。"

就结果而言,他的意见是对的。不远处商店街的豆腐店老板就和真草庄房东的孩子很熟,知道他们搬到哪里去了。只不过,我敢保证,这次是因为换我主导,以一个国中生该有的样子去问,才顺利问出来的。

"我跟大松从国小就是同学。"豆腐店的老板说。

他说的大松,就是真草庄房东的姓氏。他们在五年前的春天卖掉土地搬了家,现在住在埼玉县大宫市。我们俩各喝了一杯豆腐店请的冰麦茶,道了谢后,立刻赶往车站。

"看吧。只要装出小孩子的样子,大人都会很亲切的。"

岛崎一脸恍然大悟的模样。"与其讲道理要求协助,不如撒娇来得有效果,这正是日本依然处于 neoteny(幼态持续)社会的证据。"

"你被太阳晒昏头了?"

大松一家住在大宫市郊外的新兴住宅区,房子很漂亮,是一幢完全左右对称的三代同堂住宅,停车位也很宽敞。按了门铃之后,一个二十岁左右的女人走了出来。

"来了。哪位?"

她穿着热裤和白色T恤,皮肤晒得黑黑的,跟烤过的吐司一样。

我又开始陈述我们准备好的说辞。不过,话还没有说完,她就笑了。

"哦，原来就是你们啊！"

"啊？"

"豆腐店的叔叔来过电话，说有两个做暑期研究的国中生会来找我们。进来吧。很热吧？"

原来亲切的豆腐店老板还是个服务到家的伯伯。我们穿上拿给我们的拖鞋，经过短短的走廊，被带到客厅。

那是个舒适宽敞的房间，整个空间以咖啡色调统一。沙发上套着印花布做的套子，在通往院子的气窗外，精美的贝壳风铃摇曳着。

"请坐。"漂亮的大姐姐指指沙发，"我现在就去叫我奶奶。"

"奶奶就是真草庄的房东吗？"

"对。应该说，那幢房子是我爷爷奶奶的。"

"爷爷呢？"

"对不起，如果你们早两年来就好了。"

说着，大姐姐移动她漂亮的双腿，走进里面。随后我们就听到她用大得足以震动玻璃的声音叫道："奶奶！"听起来不像叫，倒像是在吵架。

"哼哼，"说着，岛崎擦了擦眼镜，"显然咱们的退休老人有些耳背，提问时可得做好准备。"

"随你。"我看着他的侧脸，"不过，你可不可以不要用福尔摩斯的语气说话啊？"

"真厉害啊，华生。你今天脑筋特别灵光哩。"

接下来进客厅的人到底该怎么形容才好，现在我还是不知道。

总而言之，就是个娇小的老婆婆。感觉她整个人就像随着年龄的增长，被压缩得越来越小。没穿拖鞋的赤脚小得令人难以置信，脚指甲变形得很厉害，年纪大约八十岁了。

"这是我奶奶。"大姐姐向我们介绍完后，轻轻地吸了一口气，"奶奶！我刚才说过了！他们想问你真草庄的事！"

距离这么近，她的音量大得足以把我们轰倒。但老婆婆却反问："啊？"大姐姐笑着解释："我奶奶耳朵不太好。"再次提高音量，重复同一句话。这次老婆婆总算听懂了。

"哦，就是这两个孩子啊。"

为了"我家的历史"这个暑期研究，我们必须探访双亲过去居住的场所，如果找得到父母亲当时的朋友，就访问他们——就连要说明我们来访的目的，也花了一番功夫。先说结论好了。一直到最后，我们好像都没有比较像样的对话。不过我们还是达到了目的，因为老婆婆很合作，还有大姐姐在一旁帮忙。

大姐姐的名字叫雅美，是大松家年纪最小的孙女，念短大二年级。

"我是我家的扩音机。"雅美姐姐笑着露出雪白的牙齿。

"我也在真草庄住过。虽然只住了短短的三个月。"

"什么时候呢？"

"拆掉之前没多久，因为我很想一个人住住看。那栋公寓就只有采光好而已。"

再怎么说，那都是二十年前的事了，我们提问时也不免踌躇再三。不过雅美姐姐说："到了奶奶这把年纪，以前的事反而记得比较清楚。"

我们跟老婆婆提起妈出嫁前的全名"佐佐木聪子",还有住在二○四室的事之后,老婆婆想了一会儿便说:

"是不是……在学打字的那一位?"

"对对对,没错。还有,隔壁二○五室住了一个像黑道的人,您记不记得?"

"黑道?"老婆婆皱起眉头。

"我们从来不租给黑道。"

"人家说的是像黑道的人!"雅美姐姐提高音量。然后问我,"是不是指没有固定工作的意思?"

"嗯……应该算是吧。他自称是自己开店才住进去的。"

"奶奶,是开店的!年纪多大?"

"三十五六吧。姓泽村,笔画比较多的那个'泽'。"

"三十五六岁!姓泽村的人!三点水的那个泽!泽村!记得吗?"

"啊?"

雅美姐姐别过头去很快地抱怨了几句:"臭老太婆,耳朵这么背。"

"你骂我臭老太婆?"老婆婆生气了。

"说她坏话倒是听得见,她这双耳朵还会拣话听,真讨厌。我什么都没说啦!"

伤脑筋……雅美姐姐咕哝着,稍微想了一会儿,突然猛地站起来。

"你们等一下,我家有旧照片。"

等待期间,老婆婆对坐立难安的我们说:"别客气。"

她指的是雅美姐姐倒给我们的柳橙汁。我和岛崎畏缩地伸手拿起布满水珠的玻璃杯,老婆婆一直盯着我们看。

看了一会儿,老婆婆以一脸努力思索的表情,上身朝着我靠近:"你是佐佐木小姐的儿子?"

"是的。"说完,我看到老婆婆一脸迷惑,才想到这样她根本听不见。

于是我大声说:"是的,我是!"

"这样啊,你长得跟你妈妈很像。"

"是吗?!"

"你妈妈好不好啊?"

"我妈妈很好!"回答之后,我急忙加上一句,"托您的福!"

老婆婆笑了,整张脸皱起来。

"托我的福啊!"

这时候,雅美姐姐抱着两三本厚厚的相簿回来了。很有分量的相簿一放到地上,便扬起灰尘。

"这是昭和四十六年(一九七一)和四十七年的份。我爷爷对这方面很一丝不苟,照片全都按照日期整理得好好的。不知道里面有没有你妈妈的照片。"

有。应该是昭和四十六年过年时的照片吧。挂着真草庄招牌的狭窄出入口那里,有过年的装饰品。

妈穿着圆领短大衣,面对镜头,很刺眼似的眯着眼睛,头发用缎带绑起来。

"好美。"不必等岛崎说,我也觉得妈好漂亮。

"这个啊,是佐佐木小姐拿新卷鲑[1]来给我们的时候。"老婆婆突然说,伸手指着照片,"她回家过年,回来之后向我们拜年。"

"竟然连这种事都记得。"雅美姐姐对我们说。

"听说我妈妈是在真草庄住得最久的房客。"

我大声说,老婆婆听了之后歪着头说:"是这样吗?"

"我妈妈一直在那里住到结婚才搬走。"

这次老婆婆好像没有听清楚,她以不解的表情看着雅美姐姐。

雅美姐姐帮我重复了一遍同样的话。

"哦,对对对,搬家之前她好像还有来打招呼。"

我们得到的消息就这么多了。不管再怎么问,好像也问不出什么。雅美姐姐说,实际上处理真草庄大小事务的是已经去世的爷爷,奶奶几乎没有管,也难怪她不记得。

"毕竟是二十年前的事了。"雅美姐姐叹了一口气,"对不起,没帮上忙。"

"哪里,千万别这么说。我们突然跑来打扰,真的很不好意思。"

那时,岛崎正在翻昭和四十六年的相簿,突然停下来抬起头。

"这个是什么?"说着,他摊开正中央那一页给雅美姐姐看,"好像有警察跑来。"

---

1 盐渍的鲑鱼,多用于年末或新年的赠礼。

他指的那张照片，看起来应该是从真草庄对面拍的，上面是真草庄和并排在隔壁的一幢两层楼建筑。一辆警车停在隔壁公寓门口，巡警背对着镜头站着，正在跟一个中年男子说话。

"哎呀，真的。"雅美姐姐似乎也很惊讶，"奶奶，这是什么？"

老婆婆盯着照片努力回想。她皱起淡淡的眉毛，不时舔舔嘴唇。我想这应该跟妈没什么关系，让老婆婆太费神也不好意思，正想开口随便找几句话带过去的时候，老婆婆总算说话了。

"这个啊……是大久保清事件那时候。"

"大久保清？"

对这个名字立刻有反应的，只有岛崎一个。雅美姐姐和我对看，彼此心里都在想：那是谁啊？

"当时真草庄附近住了跟那件事有关的人吗？"

老婆婆对岛崎的问题"咦"了一声，在耳旁竖起一只手。岛崎深呼吸一下，再大声说：

"跟大久保清事件有关的人，就住在真草庄附近吗？"

"是啊是啊，那时候真是闹哄哄的。"老婆婆立刻回答，表情亮了起来。

"也给佐佐木小姐带来好大的麻烦呢。"

"我妈妈？"

"奶奶，这是怎么回事啊？大久保清是谁？真草庄的房客吗？"

"那是个很有名的案子。"岛崎说明，"我想，在昭和史上也是一桩极为特殊的案件。大久保清这个人，专门找年轻女子上车，强奸杀人之后，再把尸体埋起来——被杀的好像有七八个人，都在千叶或群马这几个东京附近的县市。他谎称自己是画家在找模特儿，或说自己是大学教授在找结婚的对象。"

"我完全不知道。"雅美姐姐拨拨长长的头发，"好可怕。这男的开什么车？"

"呃……好像是马自达的 Coupe 吧？对，白色的 Coupe。"

"国产车？开那种车竟然也可以钓到女生，那他一定长得很帅了。"

岛崎歪着头说："这个我就不知道了。"

"小弟弟，你竟然知道这种事？"

"因为那是很有名的案子啊。对当时的日本社会造成的冲击，大概跟那件女童连续绑架杀人案差不多吧。"

"哦？"

"他是个犯罪迷。"我在一旁说明。岛崎擦着眼镜，狠狠瞪了我一眼。

我们自顾自地交谈，一定让老婆婆觉得很不耐烦，所以等岛崎一闭嘴，老婆婆就迫不及待地说："连警察都来查呢。"

"咦？查什么？"

"就是跑到我们这里调查啊。"

通过雅美姐姐的翻译，再加上岛崎的说明，大致得知当时情况是这样的：

这个大久保清杀人案，是凶手因强行掳走一名女性遭到逮捕之后，供出还有其他的尸体才爆发的。之后，当时的警方针对东京都及关东地区所有失踪的年轻女性，重新调查是否与大久保清有所关联,其中一名女性就住在"真草庄"旁的公寓,那时她已失踪两个月左右。那张照片就是当地警官重新前来调查时所拍摄的。

"我们家爷爷很喜欢凑这种热闹。"奶奶这么说。

如果只是这样,自然没有什么大不了。问题出在她的名字,她叫作佐佐木里子[1]。

发音跟妈一模一样,只是字不同,而且还住在相邻的公寓里。因为这样,才造成了不小的风波。

当时,日本社会因为这件前所未有的残暴凶杀案翻腾不已,新闻媒体也紧张兮兮的,猜测会不会出现新的尸体和被害者。另外,警方调查发现这位佐佐木里子小姐在失踪之前,曾到前桥市去找朋友,所以有部分杂志已经先行发布报道,说她可能就是新的死者。

结果,看到那些报道的佐佐木里子本人大吃一惊,现身说明解开了误会(失踪的原因好像是跟有家室的男人私奔),但是妈却遭到连累。如果是每天都碰得到面的朋友还好,在老家的外公外婆就大惊失色,立刻打电话来。妈只好回家跟二老解释一切都是误会,让爸妈看看自己确实平安无事,但是回家那段时间,其他看到报道的朋友因为联络不上妈,便贸然断定"果然是她!"害得妈累得半死。

"我从来没听我妈妈提过这件事。"

"虽然她实际上跟那件案子一点关系都没有,不过那案子那么惨,做妈妈的也不想让孩子知道吧。"雅美姐姐说,"而且,你妈

---

[1] 日文的里子和聪子发音一样。

妈也可能忘记了。"

"说得也是……"

岛崎没有说话，好像在想些什么。

我们在一个小时之后才离开大松家，时间是下午四点左右。虽然已经没有什么事情好问的，不过雅美姐姐说："回家路上饿肚子就不好了。"所以请我们吃凉面，还送我们到车站。就算是电视里的私家侦探或刑警，也没听说过他们去人家家里调查的时候，还有免费的凉面可吃，小孩子真的很占便宜。

我们搭上京滨东北线之后，岛崎还是保持沉默。跟他说话，他也只是应两声。弄到最后我也很累，所以一直到秋叶原换总武线之前，我一路都在打瞌睡。

在总武线的月台上，岛崎突然开口了。

"今晚，你跟聪子问一下搞错人的那件事。"

"啊？"

"不过，你问的时候要小心，千万别说你去找过真草庄的房东。"

"这我知道！"

"知道结果之后，给我个电话。"

我觉得他的话听起来完全不带感情，窥探他在镜片之后的眼神，也看不出他在想些什么。

不过，那天晚上吃晚饭时，我还是照他的交代，小心地开口问道：

"妈,你知道以前那个大久保清杀人案吗?"

令人惊讶的是,妈的反应很夸张,夸张到手上的筷子差点掉下来。

"你怎么突然说这些?"

"你知道吗?"

"知道啊,那是个很可怕的杀人案。"

我把岛崎指示的谎话讲了一遍——

这次暑假作业的自由研究(真好用的借口),岛崎选了"我们的昭和年代"这个题目,要研究当时的大案件。他去查以前的周刊、杂志,看到那时有报道说,一个叫佐佐木里子的女人住在江户川区的公寓,可能是大久保清事件的被害者。她的名字不是跟妈一样吗?住的地方也很像,那时候有没有人误以为是妈?

妈愣愣地盯着我好一会儿。她只是视线刚好朝着我而已,我可以感觉到,妈其实正审视着自己的内心。

"没有啊,妈不知道。"

妈回了这句话之后便继续吃饭,之后就再也没有提起这个话题了。

"昭和四十六年五月十四日,"电话另一端的岛崎说,"大久保清就是这天被逮捕的。他在月底供认他杀了好几个人,震惊了整个社会。"

我握着听筒,把声音压得很低。虽然妈在洗澡,但也不能大意。

"那又怎么样？"

"上次聪子说，她和泽村第一次见面是在昭和四十六年一月底吧？过了两个星期泽村就不见了，那差不多是二月中。"

"你到底想说什么？"

"他们分手之后，到大久保清的骚动发生，相隔三个月。"

"然后呢？"

岛崎郑重其事地咳了两声："我跟你说，我查过《昭和刑案史》这本书。大久保清在遭到逮捕前的七十七天之内，杀了八个人。他总共向一百二十七个女人搭讪，上车的有三十五个，强暴了十几个。七十七天算起来差不多是两个半月，他动作真的很快。"

我不太明白他这些话的意义。

"你想想，看到这么可怕的数字，你会有什么反应？"

"什么反应？"

"你会不会担心孤身住在外面的女性朋友？如果她还对你有恩？你们后来一直没有碰面，也没有联络，或许是因为关系不深才没联络，但事情变得这么严重，你不会担心吗？"

这下，我总算知道他说这些话的用意了。

"而且，这时还有个名字跟她很像的女人被列为被害者。如果这样还不担心，那个人也太冷血了。"

浴室传来水声，我想起今天在大松家相簿里看到的妈妈。

"如果是我的话，就算没有那个报道，我也会去看看她的情况。尽管觉得不太可能，还是会去亲自确认一下。"

为了让酒店式的短期出租大厦有一点家的味道，妈把从家里带来的月历贴在墙上，我看着月历算日期。

二月中旬分手，到五月底，或是六月初……

"他们因为这样重逢了？"

岛崎立刻回答："我是这么想的，不过只是假设。"

"我问过我妈了，她说不知道。"

"哦。"

"不过，样子有点不自然。"

电话另一端传来液体溅出的声音。

"你在喝什么？"

"可乐。"

"你明明说喝那个会变笨的。"

"偶尔就是会想要一点刺激物啊，华生。"

浴室的门开了，妈叫我：

"雅男，去洗澡！"

"好——！"

我先应了一声，再对听筒说：

"喂，挂断之前先告诉我。今天你不是讲了一个很怪的词吗？"

"什么词？"

"neoteny 什么的。那是什么意思啊？"

"哦，那个啊。那是'幼态持续'的意思，也就是说维持幼时的模样长大成人。"

"这种东西，你是从哪里查来的？"

"我没去查啊，自然就知道了。"

"你平常过的是什么怪日子啊。"

岛崎笑了,好像又在喝着可乐,连我也口渴了起来。

"我问你。"

"嗯?"

"在一个三十五岁的男人眼里,十九岁的女生是大人还是小孩?"

"……好难回答。"

"可能只有等我们将来三十五岁,到处去找那些刚从短大毕业的女大学生时才会知道吧?"

"是啊。不过华生,有一件事是确定的。"

"什么事?"

"十九岁的女生,很快就会变成二十岁,以及二十一岁、二十二岁、二十三岁。"

"对啊。"

"那种变化一定很大,我想。看我那些表姐、堂姐就知道。"

"嗯,可以理解。"

"可是,一个男人不管是三十五岁、三十六岁还是三十七岁都差不多,不会过了两三年就突然变成老人。"

我没说话,再一次望着墙上的月历,想着时光的流动。

"明天见。"

"嗯,麻烦你了,福尔摩斯。"

"晚安,华生。"

岛崎顿了一下,小声地加了一句:

"好好睡吧。"

可是,我却做了有人跟我玩"好高好高"的梦。

"噢,这个精彩。"

岛崎伸直双手摊开整面报纸,然后对我说。

"哪个?"

"吵架啊,女人的争吵。"

为了前往西船桥,我们坐上总武线往幕张的快速列车。这时已过了高峰时段,车厢内很空,我们占了一个对坐的包厢,眼尖的岛崎发现架上有小报,便津津有味地埋头看了起来。

"那不重要。"我大声说,"你要看,把报纸折起来再看。"

岛崎从报纸后面探出头来,瞄了一眼朝向我这边的内容,上面刊载着附有超写实插画的色情小说。

"言不由衷。"说着,岛崎贼贼地笑了笑,又把头缩回去。

我着急地说:"我不是跟你开玩笑的,别闹了。"

从刚才,隔着走道坐在斜对面的欧巴桑就一直用愤怒的眼神瞪着我们这边。我对她投以友善的笑容,却完全没有效果。

"喂,别闹了!"

我再三扯他的袖子他都没反应,我只好趁机一把抢走他的报纸。但那时电车刚好驶进市川站,刚才那个欧巴桑就这样凶巴巴地瞪着我,然后下车去了,害得我来不及洗刷自己的冤屈。

"都是你。"我对一脸事不关己的岛崎说,"干吗从架子上捡报纸来看？只有欧吉桑才会那样。"

"有什么关系，这样才环保。"

电车开动，把市川站和热闹的市区抛在后面。窗外道路上成串的车子，车顶反射着阳光。今天也是个热得令人头昏的大热天。

西船桥是十五年前爸妈新婚时住的第一个地方。从相簿里的照片，就可以看出西船桥那时已经是东京的卫星都市了。

他们住的是一栋小公寓，叫"西船桥・甜蜜家园"。跟真草庄不同，我只有公寓的名字，不知道确切住址。我原想假借聊天，引起妈的兴趣，好问出一些情报，却得到这样的回答：

"不知道……我已经不记得详细地址了。只记得离车站不远，附近有一家五金行。"这种答案，连线索都算不上。

岛崎安慰我，说可以去查查地方图书馆十五年前的地图，所以我们坐上了电车，但我还是有点不安。

"那栋公寓不知道还在不在。"

东京近郊大概是全日本新陈代谢最快的土地。"西船桥・甜蜜家园"听起来应该是钢筋水泥的公寓，但毕竟是十五年前的房子了，还在不在很令人怀疑。

"船到桥头自然直，总会有办法的。"岛崎说，一脸对小报意犹未尽的样子。

"你刚才在看什么？"

听到我这么问，岛崎又捡起报纸，翻翻找找，把报纸折的那一页拿给我。标题是"'波塞冬的恩宠'花落谁家"。

"原来是这个啊。"

这件事我也知道，这是目前八卦报道最感兴趣的热门话题。多亏有这件事，我们的日子好过很多，真是让我心怀感激。

去向备受关注的"波塞冬的恩宠"，是一串由八十六颗黑珍珠做成的双环项链和一串由四十三颗黑珍珠做成的双环手链。这个夸张的名字是第一代所有者命名的，据说是南洋小国的王室。

天然黑珍珠本来就很珍贵，这对首饰收集了这么多颗完美的珍珠，而且色泽浓艳光亮得几乎可称为"漆黑"，可说是极为稀有，也因此才会被称为"波塞冬的恩宠"。

只不过，照这对首饰在世界上辗转易主的过去看来，实在不能说是"恩宠"。当初它之所以会被带出南洋王室，是因为那里发生武装革命，国王夫妇遭到监禁并处死。第二任所有者是石油公司的老板，死于空难。他儿子继承了遗产，却在中东被恐怖分子绑架，为了付天价赎金必须卖掉"波塞冬的恩宠"，当时正好有英国贵族愿意接收，但这个新主人没多久就被爱尔兰共和军的恐怖炸弹攻击身亡。遗族向大英博物馆提出捐赠意愿，却被博物馆拒绝，只好又拿出来待价而沽。据说当时伊美黛夫人也在买主名单之列，要是没有发生军事政变的话，搞不好现在就是她的财产了。

这对噩运缠身的首饰是五年前渡海来到日本的。买主是某大企业的会长，据说是为了当作减免遗产税的策略。这种做法的罪行比起为了自己的方便而到处收购世界名画或许轻一点，不过也不是什么令人钦佩的事。而且后来这个减税策略再三出错，会长死了之后，遭到彻底调查，不但被追缴税金和罚款，最后还得把"波塞冬的恩宠"拿出来拍卖。

现在，这对形同鬼牌 Joker 的首饰，由会长的遗产继承人寄放在银座的珠宝店加贺美，并由他们代为寻找买主。某财经界人士的千金Ａ名媛和女星安西真理为了得到这对首饰而针锋相对，这就是事情的起因。

问题就出在这对首饰的价格，现在是四亿八千万元整。为什么强调现在，是因为这两个人不断地提高价钱。加贺美刚开始标售的价钱是三亿元，之后竟然飙涨到这个地步，实在令人受不了。

"好夸张，竟然有这么多闲钱。"

"你家不是也有吗？"

听岛崎这么说，我不由得笑出来："对哦，你不说我都忘了。"

不过，我可不认为妈会拿那五亿去买一对黑珍珠的项链和手环，基本上她连想都不会想到。何况，花五亿买了那种首饰也没场合戴啊。

"买得起五亿元珠宝的人，表示他可以自由动用的钱有十亿。"岛崎边推眼镜边说。

"这么说，当明星很赚钱？原来安西真理赚这么多钱啊。"

"那是她老公有钱。"

"啊，对哦，"我对明星没什么兴趣，所以忘了，"安西真理结婚了。"

这场争夺战，是从那两个问题人物去年秋天在加贺美举办的内部展览会中不期而遇开始的。

在那之前，她们两人互不相识。这种经验我也有过，就是你一见面便觉得，"啊，我讨厌这家伙"。这两个女人之间据说也产生了这种负面的电流，而且她们会斗起来也是有原因的。

财经界名媛A小姐的母亲出身旧华族[1]，父亲也是旧时代的财阀出身，总之是家世显赫。她本人也毕业自一流大学，现在在她祖父的个人美术馆担任馆员。她祖父是著名的艺术品收藏家，而那家美术馆主要便是展示她祖父的收藏。

另外，安西真理连高中都没毕业（听说是被退学的），像逃家似的跑来东京，在发掘新秀的巡回赛中得奖出道，二十岁前是当红歌手，二十出头时开始演戏，到了二十五岁这个转折点，差不多该为未来去向打算时，她便紧紧地抓住这几年成为亿万富豪的青年实业家，登上社长夫人的宝座，精明能干不在话下。而且她能够结婚，是把对方的妻子赶出去之后取而代之，手段霸道得很。

这两人在所有方面都形成对比，却同样都是二十六岁。两人都是美人，身边各有一群趋炎附势的拥护者。还有人说A名媛跟被安西真理赶走的前社长夫人是好友。不管是不是，她跟安西真理是铁定不和的。A名媛说："一个艺人出身、连半点教养都没有的女人，竟会被邀请到这种内部展览会，未免也太奇怪了。"安西真理也不甘示弱地反击："平常爱装名媛淑女，剥掉那层皮之后也只不过是只骚狐狸。"可以说是斗得不可开交。

所以，现在这场战火，可以说是从内部展览会之后，A名媛想要收购"波塞冬的恩宠"那一刻便点燃了。A名媛已经订婚，预定在明年五月底举行婚礼，她似乎想将"波塞冬的恩宠"当作自己的

---

[1] 日本旧宪法所制定的贵族身份，一九四七年被废止。

嫁妆。

而得到情报的安西真理,也立刻表示"我也想要"。于是,这场幼稚的女人之争便你来我往地斗到现在——报道是这样写的。

而这场战争之所以浮上台面,是因为安西真理控告A名媛毁谤,说A名媛曾在某派对上说她出道前在特种行业上过班,还发出黑函恶意中伤她什么的,总之是气得歇斯底里。

"争东西争成这样,实在很低级。"我也觉得很受不了,"而且,干吗对一个只会给主人带来不幸的珠宝执着成这样,她们脑筋是不是有问题啊?"

"因为她们两个现在都找不到台阶下啊。"岛崎笑了,"而且,我认为这只是表面上的假战争罢了。"

"表面上的假战争?"

"嗯。其实背地里在斗的是A名媛的爸爸和安西真理的青年实业家老公,报道也提到了。"

这种时候,做父亲的和做丈夫的一般都会出面制止调停才对,但是事情发展到这个地步,他们却仍然不出面,主要是因为他们从以前就都想和出售珠宝的那个会长一族攀关系。A名媛的父亲想从政,拉拢会长一族可以说是如虎添翼;而安西真理的青年实业家老公则是为了扩大事业版图,希望争取到会长一族的支持。为此,双方无论如何都想以更高的价钱买下"波塞冬的恩宠",好给会长一族留下一个好印象,所以才互不相让——以致造成今天这个局面。

原来如此。我这才明白,尽管表面上看来是华丽的女性战争,结果还是为了生意。最坏的人,恐怕是悠哉地旁观这场骚动的会长一族。

"话说回来,这个 A 名媛明明是个千金小姐,还真是没口德。"

报上刊登了 A 名媛的评语(她本人是否真的这么说令人怀疑),说"珍珠是十分高雅的珠宝,应该由高雅的女性佩戴,俗话说'猪八戒吃人参果',只怕某些人戴了会暴殄天物"。当面被人这么说,安西真理自然会生气,尤其是刺到自己痛处,当然会更气了。

报道最后写的是加贺美店长的话:"争夺美丽宝石的丑陋战争,实在不是我们所乐见的。"一点也没错。

再说,加贺美本来安安分分地跟客人做生意,无端被卷入这场风波,对他们而言简直是无妄之灾,还得担心有劫匪来抢"波塞冬的恩宠"。

"真是飞来横祸。"

"最妥当的解决方法,就是哪一边都不卖,卖给第三者。"

"话是没错。"

"你劝聪子用那五亿买下来吧?"

"这种行为不就叫作'从火堆里捡石头'吗?"

"是'从火堆里捡栗子'[1]!"

"石头比较烫吧?"

"歪理。"

聊着聊着,电车就到了西船桥站。

---

[1] 日本谚语,意指无端惹事上身。

从上午十点到下午三点这段时间,我和岛崎各喝掉了两瓶罐装果汁、一碗草莓冰及两根冰棒。吃喝了这么多,却连半次厕所都没去,所有水分都变成汗流掉了。换句话说,我们走了这么多路,都只是白费力气。

图书馆里是有旧地图没错,可是街町的变动太大,根本没办法当作线索,甚至连道路都变了。不像东京旧市区,再怎么变还是保留了老东西,这里完全不是那么一回事。

我们两个坐在车站附近的儿童公园的长椅上,沮丧得都可以在我们面前立个"可怜的孩子们"的广告牌了。本来我们想找树荫下的位子,但不巧那里已经有人,脸上盖了一条手帕躺着睡觉,手帕边缘露出了黑头发,还有一点酒味,所以我们判断最好还是别靠近他。

"那……接下来去哪里?"

岛崎以呻吟般的声音说。

"草加市。"我摊开做了记号的地图,"一栋叫作'草加·薇薇安'的公寓。"

爸妈结婚第三年,从"西船桥·甜蜜家园"搬到草加市,在那里努力存头期款存了七年,买了现在的公寓。

"草加啊。"岛崎一面躺下,一面呻吟着说,"他们到底是以什么标准来选择住的地方啊?差这么多。"

"像你们那种本来就有房子的人家,根本不懂这种辛苦。"我也累坏了,"房租要便宜,还得愿意租给有小孩的家庭,而且买东西要方便,附近要有医生,小孩子上学不会太远,这种地方可不是到处都有的。"

"今天还要赶到草加去?"

岛崎脸上写着"我不想去",我的脸上也一定这么写了。说来丢脸,一旦遇到挫折,我就开始觉得调查是件很烦的事。啊?没毅力?嗯,足球社的教练也常这么说我。是是是,是我太不长进了。

"都是一开始太顺利了。"

"对啊。"雅美姐姐和老婆婆都对我们太好了。

回家吧——正当我想这么说的时候,后面有人叫住我。

"你不是雅男小弟弟吗?"

我们回过头去,一个男人从旁边的墙后探出来看我们。那是个年轻人,戴着黑框眼镜,看起来度数很深,蓄着短发,脖子上整齐地打着领带,灰色的西装外套挂在手上。

"你是绪方雅男小弟弟吧?"他又问了一次。

岛崎拉拉我的袖子:"是媒体吗?"

"我怎么知道?我又不认得他们每一个人。"

我和岛崎都想开溜。可能是我们的样子很好笑,对方笑容满面地说:

"抱歉、抱歉,吓到你们了。我是前川法律事务所的新田,是律师的助理。"

"助理?"

"嗯,之前你和你妈妈来事务所的时候,我跟你们打过招呼啊。你不记得了吗?"

我的确去过一次律师的事务所,好像是为了什么文件要盖章,只待了差不多十分钟。

前川法律事务所比我自己凭空想象的要大很多。除了前川律师之外,还有两位律师,他们各自有助理和处理行政的女职员。四台文字处理机摆出大阵仗,收着《判例时报》的书架绕了房间整整一圈。记得我往那些书架看的时候,有个年轻男子对我说:"很像推理小说,还蛮有趣的。要不要看看?"

是他吗……我心想。那个人又笑嘻嘻地问我们:

"你们来这里做什么?"

"来做暑期研究……"我把编好的台词搬出来,"不过因为好热,有点中暑。"

"也难怪,这种天气。"这个叫新田的人抬头看看太阳,"我是开车来的,接下来要回事务所,要不要送你们一程?"

我们实在热坏了,所以我几乎毫不犹豫地回答:

"谢谢,那就麻烦你了。"

他开的是福特国产车,造型很简单。我们一坐进后座,新田先生就打开冷气。前面的副驾驶席放着大大的真皮公文包,外面口袋插着前川法律事务所的信封。

"新田先生为什么到这里?"

岛崎边抓T恤的下摆擦眼镜边提出问题。车子开出停车场之后,新田先生回答:"不是什么大事。有一件民事官司的小案子,不管怎么寄起诉书,对方都没收到,所以我来调查对方是不是真的住在那里。"

"哦……起诉书是用寄的啊？"我很惊讶。我一直以为会由法院的人板着一张脸直接送到家门口。

"是啊。是用一种叫存证信函的方式寄的，像挂号那样。不过如果连那样都寄不到的话，就会由法院的'执行官'来送。"

"律师事务所的助理要做这种事啊？"

"什么都要做啊。扫地、倒茶，律师招待客人打高尔夫时还得当司机。"

这样一说，他车确实开得很顺。

"你们的暑期研究在研究什么？"

被他一反问，我慌了。我瞄了岛崎一眼，他推推眼镜。

"题目是'一介庶民的昭和史'。"

"哦，真厉害。"

"嗯，也算是追溯'我家的历史'吧。"

"所以才到西船桥来？"

这下糟了……我心想，我们在调查的这件事是瞒着妈的。

可是，万一这个人告诉妈"我在西船桥碰到雅男小弟弟，他们好像在调查什么"的话，妈很敏感，一定会觉得奇怪。

"那个……其实，这件事我没跟我妈妈说。"

新田先生"啊？"的一声扬起眉毛，眼镜都歪了。他的眼镜度数看起来很深，不知道拿下眼镜之后，是不是什么都看不到。他一定是个很爱念书的人。

"我妈一定会说小孩子就要选个更像小孩的题目，所以，可不可以请你不要跟我妈妈说你遇到我们？"

啊哈！新田先生发出开朗的声音笑了。"OK，我会帮你保密的。我觉得那是个好题目。"

车子很顺畅地进入市川市市内。

"那么，我最好不要送你们到家？"

"是的，到车站前面就可以了。"

车子的振动摇得我好舒服，我开始困了起来，岛崎好像也一样。我们两个呆呆地望着车窗外的风景时，车子开到了车站前。

我们道完谢，下了车，正要关车门时，新田先生好像突然想到什么事。

"对了对了，你妈妈跟你说过了吗？这个周末大家要一起到前川律师的别墅去玩。"

没听说。

"律师有别墅吗？"

"正确地说是还没有，律师一直犹豫不知道要买在哪里，所以他每年夏天都会在不同的地方租别墅住，以便日后挑选。今年好像租在上诹访。律师应该已经向绪方太太提过，问她要不要一起去了。"

那真是太棒了！但愿妈会接受律师的邀请。

"如果你妈妈太忙没办法去，你要不要自己跟我们去？应该蛮好玩的。"

我回答我会的，然后目送车子开走。

"你看到他的眼镜了没？"岛崎说。

"嗯，看到了，好厚啊。他是不是在准备司法考试？"

岛崎好像在想些什么，没有回答。过一会儿才小声说了一句："我快饿死了。"

那天晚上，红心皇后来找妈和我。

一开始她确实是红心皇后，不过谈着谈着却越来越有棱有角，回去时已经变成方块皇后了。你问我是谁？是个意想不到的人。

就是那个穿粉红色高尔夫球装的女人，她单独跑来我们的短期出租大厦。我觉得要做这种事，必须有不带氧气上喜马拉雅山的勇气，不过她本人倒好像根本不当一回事。

我们住的这幢大厦号称有很棒的安防系统，每个房间都有附荧幕的对讲机，入口当然是自动锁。所以，我是透过小小的画面拜见到这位女性的尊容的。

"你妈妈在吗？"她劈头就这么说。

"在。"

"那，去叫你妈妈来接吧。"

"我妈妈可能不太想接。"

"你很爱自作主张。你去叫她接就是了。"

就在这个时候，妈从流理台洗好东西过来了。一看到荧幕上的那张脸太阳穴就开始抽动。

"请问有什么事？"

"我有事要找你谈。"

"都这么晚了。"

"是很紧急的事。"

妈绷紧了脸,说:"请稍等一下,我现在马上下去。"

"你要在外面谈?又不知道会被谁听到。我是为了太太你着想,不想让你丢脸。请让我进去。"

"……我有小孩在。"

"那也没办法呀。再说,他又不是小婴儿了,让他知道也好啊。"

从头到尾我都对这个女人没好感,不过这句话我倒是很有同感。因为妈低头看我,我就用力点头,说:"都到了这个地步才叫她走,事后反而会一直挂在心上。"

妈深深叹了一口气,伸手按下开门钮。

她今天穿着一件轻飘飘的白色纯棉连身洋装,但妆化得很浓,而且一在客厅的椅子坐下,就拿出香烟吞云吐雾起来,不管怎么看都很难说是清纯少女。那种感觉就好像"扮演美丽牧羊女的不良女星,在无人后台大喇喇地休息"的情景。不过这个形容有点长就是了。

一开始,妈叫我"到房间去看电视",我很生气,只不过是策略性的。

"遇到这种情况,我还能在房间里看电视吗?我神经没这么大条。"

"小男……"

"之前妈自己说的,这件事跟我的关系比谁都密切。我已经不是小婴儿了,光是叫我不用担心,是骗不到我的。"

这时,牧羊女又开口说了一句好话:"太太,小弟弟说得没错。而且哪些话不该在孩子面前说,这一点分寸我还知道。"

妈不甘不愿地让步了。为了顾及妈的情绪,我尽可能坐得离她们远一点。

一开始,整个房间被名为沉默的国王所主宰。这个国王的吨位非常惊人,我虽然硬撑着,还是差点就被压垮了。

"这房子真不错。"她四处看了看,开口说,"没有烟灰缸吗?"

"这里没有人抽烟。"

我悄悄站起来,捡了一个洗完澡喝的汽水空罐,推过去给她。

"谢谢,"她微笑,"弟弟长得好像行雄啊。"

以前从来没有人这么说,大多是说"长得跟妈妈好像"。

"喂,这里房租多少啊?"

她点起下一根烟问道,妈撇着嘴没作声。

"透露一下有什么关系。别一副看到杀父仇人的样子好不好?"

这种不要脸的态度,让妈忍不住变了脸色。"这位小姐,麻烦你看清楚自己的立场好吗?"

"立场?"

"你跟我先生……"妈很快地瞥了我一眼,"你跟我先生……不是在一起吗?"

对方笑了出来。老实说,我也憋住苦笑。可是我绝对不能笑,妈是为了不吓到我才这么说的。

要是我当场跟妈坦白:"妈,这几天我请岛崎帮忙,到处去调查有没有证据证明我是妈和泽村先生的小孩。"妈一定会连人带椅子晕倒。妈就是这么相信我，认为我是天真无邪的孩子。可是，小孩又不见得一定是天真无邪的，天真无邪也不见得就是最好的，不是吗？可是大人往往都没有发现这一点。

"没错，我是跟行雄在一起，现在他就住在我的公寓里。"她转向我这边。

"你懂我的意思吗？"

"懂。"

"是吗？真聪明。比大人要聪明得多。"

她制止了又想开口说话的妈，调整了一下坐姿。

"所以，太太，我今天是来把行雄还给你的。"

"你到底是什么意思？"

"就是我说的意思。我会跟行雄分手，请他离开我的公寓，所以他会回到你们身边。"

妈面无表情地凝视了对方一阵子，再用平板的声音说："这是你跟我先生讨论之后所得出的结论吗？"

"不是的，是我自己决定的。"她吐出一口烟。

"那么，我先生并没有同意，不是吗？我看他对你迷恋得很。"

她笑了笑。"太太，我听行雄说，你很早就知道我跟他的事了？你是怎么发现的？"

妈移开视线。"我自然知道。"

"可是，光靠'妻子的第六感'，没办法知道具体的状况吧？你告诉我吧，你是不是拜托私家侦探调查的？"

妈瞪着桌脚。如果世界上真的有念力的话,那根桌脚一定会瞬间被拦腰折断,朝着穿白色连身洋装的女人飞过去。

过了一会儿,妈才低声回答:"我自己调查的。"

她很惊讶。"哇,好厉害。一定很辛苦吧。"

妈好像有点自暴自弃。"这种情形,我先生已经有过好几次了。你不是他第一个外遇对象,所以我也习惯了。"

"看来也是。"她大大地点头,妈惊讶地抬起头。

"你明知道还跟他在一起?"

"对啊。我也不是什么清纯可爱的少女,多少懂得人情世故,所以我一问,他就告诉我了。行雄好像很有女人缘,其中一次还是跟公司的部下。"

我好像是叫了一声"天哪",妈连忙说:"小男,你还是别听的好……"

"都已经听到了,对不对?"

"嗯……"是啊,我纯粹只是惊讶而已,并没有受伤,"妈,我没事的。"

我忍不住叫了一声,是因为突然想到大约两年前的六月,爸妈第一次当媒人的事。记得那时的新娘,就是爸的部下……

说到这儿,当时妈还买了一件好贵的和服,贵到连奶奶的表情都很难看,说:"有点太过头了吧?"可是爸却没有抱怨半句。

原来水面下的家庭生活是如此的波涛汹涌啊,我的心境犹如开悟了一般。

"他丰富的情史里,是有不少英勇战绩。"白色连身洋装的女人说,对我笑了笑,"不过,弟弟,你爸爸在公司很有女人缘,并不是一件坏事。这就代表他在工作上非常能干。"

我只是哈哈笑了几声。除此之外,我不知道还能有什么反应。

"只不过每次热情一冷却,行雄总是会回到太太身边,但这次情况却有点不同,他说要和太太分手,跟我结婚。"

妈的喉咙咕噜地响了一声,说道:"他也跟我说过类似的话。他离开家,大概就是为了这个吧。"

"是的,那我就直说了。"她换只脚跷起,"其实这让我很为难。"

"为难?"

"是啊。"她摸着头发,好像在找分叉似的,"我可没那种打算。结婚一点都不好。"

妈看了看我,像是在确认我是否还好,但妈自己的眼神却开始茫然了。

"所以,事情也不是不好商量。"

她兴冲冲地挺出上身,开心地说:"我把行雄还给太太和弟弟。我会说好话劝他回来:你还是不应该抛弃家庭,求求你,回到你太太身边,我会退出的……之类的话。"

这次换我看妈了。

惨了,妈快发作了。

"所以,就这样吧。"她伸出手,张开令人熟悉的五根手指。

"……这是什么意思?"妈的声音是从牙缝里挤出来的。

"哎呀,这还用说吗?就是这个呀,这个。"说完,她把手指圈成一个圆。"分手费！就五千万，小数目吧？只不过是你天上掉下来那笔钱的十分之一而已。"

妈发作了，而且非常彻底。

"然后呢？结果怎么样？"

爸的女朋友夹着尾巴逃走之后，我打电话给岛崎。妈说声"我出去冷静一下"，就散步去了。

"我妈说：'既然你不要，就当作厨余丢掉啊！'"

"把你爸当厨余？真够厉害的。"

"妈会生气是当然的。"

"甚至还说'那种男人我双手送给你'。"

"这样是不是完全没救了啊……"

"还不知道。"

"可是，"我握着听筒，在床上翻个身，"我爸好像有不少前科。"

"嗯嗯。"

"这是一种病吧，花心病。这样的话，就算妈明知我是泽村的孩子却没有说，爸也不能怪她吧……"

"我想这又是另一个问题。因为，到底是两个男人中谁的孩子，连生下孩子的女人都不知道。"

"嗯嗯。"

"你还好吧？"

"嗯。我也变得坚强了。"不过，我声音还是变小了，"我总觉得很过意不去。"

"对聪子吗?"

"嗯。因为以前我什么都不知道,我完全没发现妈为了爸的外遇那么痛苦。在这次的事之前,我真的什么都不知道,简直就跟小婴儿一样。我妈说她以前已经想过不知道多少次了:只要她有钱,我们的生活没有后顾之忧,她马上就跟我爸离婚。但我却一点都没发现。"

"这样不是很好吗?"岛崎笑了,"有哪个还在喝奶的婴儿会抬头看着妈妈道歉说'不好意思,给你添麻烦了'?"

我们两个大笑出来。因为笑得太厉害,我眼泪都流出来了。

"岛崎,泽村先生是不是知道我妈在为我爸的外遇痛苦啊?"

岛崎没有立刻回答。"很难讲……"

"可是,在他决定要把遗产留给我妈之前,应该对我妈做过很多调查吧?那就可能会知道吧?"

"知道又怎么样?"

"就是你之前说的'泽村赌博论'啊。那样胜算不就变高了吗?有他留下的这笔钱,我妈就可以离婚了,而现在就已经往这个方向发展了。搞不好妈就会跟我说出真相了。不对,就算没有马上跟我说,说不定心里也早就决定'雅男真正的父亲不是绪方行雄,而是泽村直晃'了。"

我想起要出门散步前,妈含着泪的侧脸。她的表情虽然难过,却又有种莫名的爽快。

"调查的事,我们暂时停一下吧。"岛崎说。

"好啊,我也有点累了。反正暑假还长得很。"

"嗯。还有我想过了,白天那件事,就是去别墅的事。"

"那个啊……"

"你一定要叫聪子让你去,然后直接找前川律师谈。那个律师一定知道些什么,如果能问出来,就能省下我们不少功夫。如果待在东京,就不可能和律师促膝长谈,不过到别墅就有机会了。"

我想起前川律师温和的脸。"说得也是……我会试试看的。"

如果这样可以让一切水落石出的话——一想到这里,我心里不免有点害怕。

"可以确定的是,"我看着天花板,"不管我是我爸的孩子,还是泽村的孩子,都有花心的血统。"

"请把那解释成有女人缘吧,吾友。"

外面传来玄关开门的声音。是妈。

"啊,我妈回来了。那我挂了。"

"喂。"

"嗯?"

岛崎很难得地用一种感性的声音说:"转送你一句话,有一次我老爸喝醉的时候说的。"

"什么话?"

他顿了一下,说:"每个孩子都是时代之子。"

——一直到现在,这句话都是我的座右铭。

前川律师问我们周末要不要去他的别墅玩，妈在那个星期五对我说。

"明天？好突然。"

"是啊。本来应该早点跟你说的，但妈妈心里也很乱，不小心就忘了，不好意思。你这个周末有什么事吗？"

"没有啊，我可以去。"

我不能让妈知道我已经听新田先生提过这件事，所以装傻。

"要住几天？"

"两个晚上，来回事务所都会开车接送，很棒吧。"

"在哪里？"

"上诹访。听说是在湖边，而且还有温泉。"

当时我们刚吃过晚饭，妈正在流理台边洗碗筷。她停下手边的工作，任水打在手上，想了一会儿后说："不过啊，雅男，妈想明天去找你爸一下……"

我本来躺在沙发上看电视，听到这句话爬了起来。

"你有事要去找爸？"

"嗯……上次那个女人来过，可是后来却一点动静都没有，妈很担心。"

"也不必挑明天去吧？"

"可是，如果不是周末假日，很难找到你爸。"妈转动水龙头把水关掉，转过来朝着我，"其实，昨天你爸公司里的熟人打电话来，说你爸好像真的跟那个女人分手了。"

我似乎不自觉地皱起眉头，妈微微一笑，说："别露出那种表情嘛。"

我心里正在回想那个牧羊女的表情和话语。她是不是因为知道没希望从我们身上捞到一毛钱,就马上把爸赶出来了?他们是不是还大吵了一架?

"这个消息属实吗?"

"人家说绝对没错。你爸好像搬出她的公寓,回家住了。"

我把电视关掉,反正是很无聊的肥皂剧。

"所以,妈才想去找爸?"

妈一面用围裙擦手,一面耸耸肩。"你反对妈妈去看爸爸对不对?不希望妈妈跟爸爸和好对不对?之前爸爸说了那么过分的话。"

"好奸诈。"

"什么奸诈?"

"妈很奸诈啊。如果我说'嗯,我反对,跟爸分手吧',那妈打算说'那就这么决定了。我们以后不要再跟那么过分的爸爸见面'吗?妈自己又打算怎么做?"

妈好像有点吓到,睁大眼睛说:"妈妈……现在还不晓得该怎么办……"

"我也一样啊。这几个星期知道了那么多以前不知道的事,我也没办法马上找到答案。"

"……说得也是。"

"妈想做什么我都赞成,如果你担心爸,就去找他谈谈啊。我刚才说'不必挑明天',是因为我觉得旅行之前去会很匆忙,等回来再去比较好。我不是不希望你去找爸才那么说的。"

妈只是一双眼眨呀眨的，没有说话。

我的语气会变得比较强硬，是因为我这几天在想的事一直在我的脑袋深处蠢动。因为如此，我的火气有点大。

说到爸的花心病时，妈曾说"如果不是考虑到孩子，我早就离婚了"——因为这样，我觉得很对不起妈，觉得自己什么都不知道，真的很没用。如果这样也就算了，但我却越来越生气。

因为我觉得，妈不应该把什么都怪在我身上。拜托不要说是为了我才忍耐的！

"如果我也想见爸的话，我会想清楚，自己去找他的。"

妈垂着眼凝视着地板。过了一会儿，她小声地说："你也开始会这样跟大人说话了。"

我紧闭着嘴巴。这时候如果开口道歉："对不起，我再也不会说这种话了。"事情又会回到原点。我很怕我一开口，真的会这么说，因为这么做轻松多了。

妈叹了口气，又回去洗东西。她转动水龙头，让水流出来，然后回过头来对我微微一笑："那，我明天就去找你爸。事务所那边，妈会请他们等妈回来之后再来接我们。"

我松了一口气，也笑了。要说这种话，毕竟是需要勇气的。我鼓起我剩余的蛮勇，又加了一句：

"妈，你别生气，听我说……"

"你又有什么话说了？"

"你去看过爸之后，最好去确认一下那个女的是不是好好的。

妈，你知道她住在哪里吧？之前调查过吧？"

妈双手满是泡泡，愣住了。她停了一下，才用语尾有点扬起的声音说：

"你认为你爸爸对那个女人怎么了吗？"

"有时候会有意外的嘛。"

如果那个牧羊女很干脆、很现实地要跟爸一刀两断，爸都已经考虑要和她结婚了，很可能会恼羞成怒，即使本来没打算伤害她，可是万一越吵越凶，推她一把，她又运气很背，刚好头撞到桌角的话……

是我推理剧场看太多了吗？但我真的很担心，爸现在一定自暴自弃到了极点。

"我说，小男，"妈妈嘴角下垂，一脸自责地说，"你好像很不相信爸爸妈妈？"

我默默地在内心独白：不是的。只是不管是谁，都有些地方不能无条件地完全相信啊。

嘿嘿！我是不是越来越像岛崎了？

第二天，等我睡懒觉睡到太阳晒屁股，妈已经出门了。这也难怪，因为已经快中午了。

到了两点左右，前川律师打电话来。

"你妈妈出门了吧？"

"是的，我妈妈跟律师联络过了吗？"

"嗯，昨天联络的。我接下来还有一个会要开，所以跟你妈妈说好傍晚再出发。这样天气比较凉快，路也比较通畅。"

今天太阳也不遗余力地发挥热量，外面晒得很。

"在去接你们之前，我会先打电话。就怕你等得无聊。"

"我会打电动。"

律师笑了。"到了那边就没电动可打了。我跟你妈妈说住两个晚上，不过我的家人都会留在那边，你要是喜欢，就多住几天。"

"谢谢律师。"

在等人来接的时候，我打电话给岛崎，是伯母接的。

"哎呀，是雅男哪。你好不好？"

"谢谢伯母，我很好。请问俊彦在吗？"

"他好像出去了。也不知道他在忙些什么，一天到晚都不在家。"

咦？他在忙什么？我心想。我们的调查不是已经暂停了吗……搞不好是去约会什么的。

"会不会是去图书馆了？"

"谁知道他是不是去那种有气质的地方，反正我们也管不动他。整个人晒得跟黑炭似的。唉，随他去吧。雅男，你爸爸妈妈都好吗？"

这个问题有什么言外之意吗？我这么猜测，但是没这个必要，岛崎伯母不是那种会拐弯抹角的人。

"我最近在附近都没看到你妈妈，不知道是怎么了。我担心她会不会是因为旁人爱说三道四，把身体弄坏了。如果没事就好。"

我好久没有听到这种话了，觉得好高兴。

"唉，有好就有坏！下次再来玩！你也是，这阵子都没到我们家来玩。"

伯母，其实有时候我是从晾衣台进去，瞒着你在岛崎房间过夜的——我想着想着就笑了。

"我会的。"

"顺便来剪个头发！"说完，伯母挂了电话。几乎同一时间，妈就回来了。

"爸怎么样？"

妈好像很热，边用手在脸旁扇风，边去调低冷气的温度。

"你爸爸不在。不过看起来的确是回家了，阳台上晾着衣服。"

"爸出门了？"

"好像是。我以为是去加班，打电话到公司，结果不是。"

今天大家都不在家啊……爸去哪里消磨时间了？我家老爸是完全不赌博的，不但不打麻将，连小钢珠都不玩，说是那种噪声会让他头痛。不过爸又不是会到处散步的人……

我想，大概又是去"一杆进洞俱乐部"了吧，期待能在那里再次遇到可爱的女孩。

我竟然会有这种想法，显然我也变坏了不少。不，这就叫作长大吧。

"垃圾都快满出来了。"妈自言自语似的说着，拿着一杯冰麦茶，靠在厨房的流理台边。

"爸回家也才两三天而已？"

"全都是外卖的便当盒、泡面碗之类的，很占空间，还有就是啤酒的空罐。"

爸从来不做菜,他还曾经因为嫌麻烦,直接拿干泡面来啃。

"一定会营养不良的。"

这就更显得爸目前的状况有多窘迫。要说过得不好,没有比饮食生活失调更糟的吧。不知道为什么,我觉得好像连心情都像穿了湿透的鞋子一样。

"那……那个女人呢?她怎么样?没事吧?"

妈把麦茶喝光,嘴里含着冰块,"咔滋咔滋"地咬着。

"她不在。"

"她也不在?"

"嗯,信箱里积了三天的报纸。"

昨晚闲得没事胡思乱想的假设,突然带了点现实的味道。那个牧羊女的头狠狠撞到桌角……不,说不定是被勒死……

三天的报纸。如果尸体在房间里,天气这么热,应该开始发臭了。一定会臭得要命。

"妈,你在那边有没有闻到什么奇怪的味道?像是东西烂掉的臭味?"

妈悠哉地咬着冰块说:"没有啊,什么味道都没闻到。"

那就应该没事了。可是……爸也看了不少推理剧场啊。说不定他早就学会把尸体运到山里抛弃了。这么一来,他会开车出门,买铲子……不不不,搞不好不只是这样,对未来绝望的爸,可能自己也想一死了之,可是又死不了,便开始四处逃亡。由于现场留下了清楚的轮胎痕,死者的身份立刻获得确认,刑警一问牧羊女的朋友,她朋友就大喊:"是绪方干的!"

刑警们立刻采取行动。或许,啊啊,真的很有可能,妈妈前脚离开牧羊女的公寓,刑警们随后就赶到,现在正往这边来。现在如果打电话到我们家,可能是一个陌生男子接起电话,就是守在电话旁边的刑警。

突然有人啪地从旁边打了一下我的头。

"雅男,你在想什么啊!"

"妈,我跟你说,搞不好会有刑警跑来。"我的想象力犹如纯种赛马般冲刺再冲刺,已跑过第四弯道,进入直线跑道,用鞭子抽也制止不了。"门铃随时会响……"

叮咚。响了!

我和妈顿时成了蜡像馆里的展示品。这样僵了好几秒之后,妈才发出"嗝"的一声。

"怎么了?"

妈咽下东西,然后说:"都是你胡说八道,害我把冰块吞下去了。"如果是外国片的话,妈这时应该要大喊一声"该死"才对。

我从椅子上跳下来,跑去看对讲机的荧幕。

"你好,我来接你们了。"

脸上戴着如牛奶瓶底厚的眼镜的男人,亲切愉快地说着。

"不好意思,让你们久等了。"

新田先生握着方向盘,脸上带着歉意。车型跟上次的一样,颜色也是白的，坐起来也跟上次一样舒服。

"律师的会开得比预定的还久。因为是更新租地权的纷争，委托人坚持要今天去现场看，怎么劝都不听。不过，做我们这一行的，本来就得尊重委托人的意愿。所以，没办法，我才来接两位先行出发。"

"这样啊，我们才不好意思呢。"妈坐在后座，很客气地低头道谢。这时车子正好遇到红灯停下来，妈的姿势变得有点好笑。

新田先生说我可以选自己喜欢的曲子来放，因此坐在驾驶座旁的我便在卡带箱里挑选着，里面有西洋音乐、日式摇滚、松任谷由实和桑田乐队，还有电影配乐精选。

"上次雅男还麻烦过你，我竟然一点都不知道，真是太丢脸了。"

新田先生露出害羞的笑容。"哪里哪里，不算什么。因为刚好方向相同，才顺道一起回来而已。"

我明明郑重其事地请新田先生保密，却还是被妈知道，这都要怪我自己太不小心了。

我看到荧幕上出现的不是凶巴巴的刑警，而是他亲切的脸，便不小心脱口说出："原来是新田先生啊。"

"新田先生是谁呀？"妈问我。

"就是前川律师的助手新田先生，妈也认识啊。"

可是，妈却不认识，结果我只好老实招出上次他送我和岛崎回来的事。不过，妈忙着跟第一次见面的新田先生打招呼，没问我们为什么跑到西船桥去。

"还有其他人先过去了吗？"

"是的，律师的家人先过去了。那里离诹访湖虽然有点距离，不过位于山腰上，风景很好，听说是座漂亮的别墅。因为是周末，附近的别墅也都有人住，听说今晚要办大型的花园派对，好像还有烤肉呢。"

"一定很好玩。"妈说着，背靠在座椅上。

"现在才刚过三点，"新田先生瞄了一眼仪表板上的钟，"要是顺利的话，七点前就会到了。"

我心想，有烤肉真是太好了，手上还是照样挑着卡带。像这种时候，我会想先听平常没听过的音乐，因此很花时间。

"这是什么？是摇滚吗？"

我拿起一卷卡带问新田先生，贴纸上工整地写着"老鹰合唱团精选合辑"。

"那个啊，嗯，是摇滚。应该说是加州音乐吧，很有夏天的感觉。对了，你应该不知道老鹰合唱团。他们解散的时候，我才跟你差不多大呢。"

"那我可以听这个吗？"

"当然可以。可能有你听过的曲子，像 *Hotel California* 或是 *Desperado*，等等。"

在东京的时候，车子一直走走停停的。不过，放出来的音乐让我一点都不无聊。新田先生说得对，有好几首歌我都有印象，不过因为之前都不知道歌名和演唱的乐团，所以我有一种赚到了的感觉。每次听到没听过的歌，我都问新田先生歌名，歌词都蛮简单的，有些地方我也听得懂。

新田先生说他学生时代非常喜欢这个乐团,他自己也弹过一点贝斯,还组过乐团模仿他们。原来在那副深度眼镜之后,还隐藏着这一面。

"不过,我们的乐团很差劲。"他笑着说,"唐·亨利(Don Henley)和葛伦·弗莱(Glenn Frey)以前也是老鹰合唱团的团员,你知道他们吗?"

"我好像听过葛伦·弗莱这个名字……"

"《比佛利山超级警探》里的那首 The Heat Is On 就是他唱的。"

"真的?原来是那首歌啊。"

我们在聊这些的时候,妈闭着眼睛,好像在打瞌睡。

其中,我最喜欢的是卡带最后的那首歌。虽然是第一次听到,我还特地倒回来重听,重听时还跟着一起哼。

天亮之前,有人会伤心

今晚就是这样一个夜晚

我们已无能为力

每个人都渴望被爱

每个人都渴望机会

今晚将会是个伤心之夜

我知道

在伤心之夜

月光普照

所以熄灯吧

歌词大致是这样。

"你好像蛮喜欢这首歌的。"新田先生看着前面这么说。

"嗯，很好听。"

"我也很喜欢，这是他们解散之前的畅销曲。不过，我最喜欢的还是 *Desperado*。"

于是他应我的要求放了 *Desperado*，这次换新田先生跟着旋律小声地哼起歌来。

在相模湖附近，我们停下来休息顺便上厕所。我和妈回到车子时，新田先生也正好拿着装了饮料的纸杯，朝车子走过去。

"我点了冰咖啡，您喝冰咖啡吗？"

"当然当然，不好意思。"

妈伸手去接，就在这时，不知道哪里没弄好，纸杯打翻了。咖啡色的液体整个泼在妈和我的胸口上。

"哇！好冰！"

"对不起！小男，还好吧？"

妈大惊小怪地拿出手帕擦拭我身上的T恤，可是没什么用。

"看样子最好换件衣服。"新田先生说，"穿着湿衣服吹冷气，恐怕会感冒。"

"的确是。"

妈的白色POLO衫从领子到胸口也都染成茶褐色了。那件衣服胸口绣了名字的缩写，才穿过两三次而已，跟新的没两样。

"最好拿去冲一下，不然会洗不掉。"

新田先生打开后备厢，帮我们把行李拿出来，我和妈就各自又回到厕所去把衣服换下来。回来之后，新田先生从妈手上接过被咖啡和水弄得湿答答的两件衣服。

"我这边有塑料袋，我把这两件衣服另外收起来，免得弄湿其他行李。请你们先上车吧。"然后他火速关上后备厢盖，回到驾驶座上。

"我们走吧。"

夏天的白昼虽然长，可是从甲府穿过韭崎时，天空也开始变暗了。有一种朝着夕阳疾驰的感觉，蛮不错的。

快到诹访湖的时候，新田先生就开始不时地看着地图。他看的不是一般的道路地图，而是说明到别墅要怎么走的地图。我打开那张图，让坐在驾驶座上的他看。那好像是从什么简图上影印下来的，上面用红笔标着路线。看来，我们要去的是个叫作上诹访湖滨村里一幢名为原木小屋的别墅。

"大概再三十分钟就到了。"新田先生这个预测很准，正当我们左边可以瞄到诹访湖的湖水，开始攀登和缓的山路之后不久，就到了一个开阔的地方。一个原木拼成的招牌上写着"诹访湖滨村欢迎您"的字样，旁边画着别墅地区内的地图，还有一道像小平交道似的大门，大门旁的小屋里可以看到一个像是管理员的人。

新田先生从车窗里探头出声说："我们要到原木小屋去。"管理员立刻为我们说明:"从这里上去,遇到第一个岔路时,请走右边那条路。接下来慢慢顺着路上去,从这里大概要十分钟。"然后按了按钮把门打开。

这时,夜色已经爬上山头。我打开车窗,细品着湿润的树林和草地发出的味道,以及没有杂质的空气。随着车子缓缓爬升,左边隐约可见光亮,那是湖畔温泉乡映照在黑暗湖面上的灯光。

不久,前面突然出现好几盏微微晃动的灯笼,美得如梦似幻。灯笼的形状跟中元节的那种不同,更圆更亮。一盏接一盏,从一座座树林到一户户人家,发出明亮的灯光。

"真美……"妈赞叹着。

"看样子,我们赶上派对了。"新田先生说,把车速减得很慢。

人很多,尤其是小孩子,而且还打扮成各种不同的样子。有的头上披着布,有的戴着厚纸板做的角,还有女生穿着飘飘的蝴蝶装,背上装着薄薄的翅膀。

"是化装派对吗?"

"看起来好好玩。"

原木小屋位于别墅区最高点。换句话说,就是最里面的地方。柏油路只到这里,再过去就是森林,更高的地方只剩下天空。天空中星星开始闪烁,银盘似的月亮已经升起。如果伸长身子、踮起脚,把脸靠过去,感觉好像会在月亮里照出自己的脸。

这幢别墅就像它的名字一样,是用原木盖起来的。三角形的屋顶开了三个并排的采光天窗,有一根红砖砌的四角形烟囱,因此可能有真正的暖炉。宽敞的阳台上放着两张原木椅,门廊上的灯笼也在摇晃着。

所有的窗口都亮着黄色灯光。歌声传了出来,有人在合唱。他们唱的歌我没听过,听起来是四部合唱,和声很美。

"奇怪……"新田先生边下车边歪着头说,"应该是这里没错吧?"

我们两个再度确认刚才的地图。没错,抬起头来看通往建筑物入口的台阶,上面挂着"原木小屋"的牌子。

"请稍等一下。"新田先生留下这句话,便进屋去了。妈和我站在车子旁边,一边看着四周一边等。

"真棒,"妈微笑着说,"好像在做梦一样。"

"原来日本也有这种地方。"我笑了,"妈,你想不想要这种别墅?"

"你想要吗?"

"嗯,不错啊。"

"那我们买一栋吧。"

正当我们说笑的时候,新田先生回来了。他脸上一点笑容都没有,不但没笑,嘴角还有点僵。

"怎么了?"

妈看了我一眼,开口问道。新田先生困惑地摇摇头,一手拿着刚才的地图,向左摆又向右摆,最后还倒着看。

"有什么不对吗?"

听到我这么问,他总算抬起头,死心地小声说道:"他们说不是这里。"

"咦?"

新田先生的样子无比困惑,镜片之后的眼睛不停地眨着。

"他们说不是这里。这里没有姓前川的一家人,承租的是别人,而且昨天就来了,他们说应该是我们弄错了。"

所谓的为时已晚,大概就是这样吧。等我们跟先到原木小屋的客人讲了半天,自己也绞尽脑汁重新研究地图,得到"会不会是管理别墅的公司重复订屋了"的结论时,那家管理公司的营业时间已经过了。只能怪我们到得太晚,这下没辙了。

我们匆忙地去找那个看门的管理员,他也已经走了。外面贴了"紧急联络电话"的号码,打过去是语音,说:"今天的营业时间已结束。"

"要是真的遇到紧急状况,他们要怎么处理啊?"妈难以置信地说。

当然,新田先生也借了别墅里的电话,打了好几次到前川法律事务所去,但电话都打不通。

"没有人接,他们应该已经出发往这边来了。"

他也试图联络其他律师的住家,以及没有来别墅的同事们,却没有任何进展。因为人在东京的同事们手里的地图,跟新田先生的是同一张。

"连他们都吓了一跳,反而问我,不是吗?那该怎么办?"

妈温柔地对着急的新田先生说道:

"不要急,前川律师他们的确已经出发往这里来了,不是吗?"

"是啊，应该是这样。他们不可能会到其他地方去的，因为大家手上的地图都一样。"

"那么，只要在这里等，就一定可以跟他们会合的。话是这么说，光是在这里等也不是办法，我们留言请别墅里的人转达，先去湖畔那边找地方住吧。明天再跟管理公司联络，他们一定会马上帮我们处理的。"

新田先生一脸疲惫地垂下头。"说得也是……真的很抱歉。"

可是，当我们到原木小屋请他转达留言时，他们却说："不用客气，你们不如就在这里等吧？花园派对已经开始了，吃饭时间也到了。"

我还没有向大家介绍这里的客人。他们不是一般家庭，而是位于横滨市郊外一家名叫"光明之家"的育幼院。刚才的歌声，就是他们机构里的十五个小孩，为了今晚的花园派对在彩排。

"我们每年都会来这里一次，举办为期三天的户外教学。每年都固定租用原木小屋，今年已经是第四年了，所以我想几位的情况应该是管理公司不小心弄错了。"

一名看起来很温和，自称是领队的五十岁女性向我们说明。她递给我们的名片上写着"光明之家代理理事长 今里淑子"。

"除了我之外，也有好几个老师一起过来，我向他们说明事情的原委之后，大家都说要请几位留在这里等。不嫌弃的话，干脆住下来吧。"

"这实在太……"

今里女士的圆脸庞对惶恐的新田先生露出笑容。"这里还有空房间,而且你们一定也饿了吧。就算要找其他的地方住,在这里也一样可以找啊。所以你们先用餐,休息一会儿如何?不必那么急。"

那时候,我的肚子正好咕咕叫了起来,今里女士拍了一下手。

"看吧!来,请进来吧。"

"怎么办",新田先生脸上写着这三个字,妈对他说:"今里女士说得对。我们就接受这番好意吧。虽然很打扰他们,事后再郑重道谢就好了。要是跑来跑去和前川律师他们错过,那就更糟了。"

我也完全赞成妈的意见。再说,我真的饿坏了。

花园派对是上诹访湖滨村所有别墅共同举办的,采取会费制。我们在入口处付了钱,心情愉快地找了张没人坐的桌子坐下来。

说到这里,不但今里女士,连在场的人看到妈,都没有半个人表现出"咦?她不就是那个拿到五亿元的人吗?"的态度。这代表了一个话题被人淡忘的速度之快,还是说能在这种别墅区避暑的人都是有钱人,所以对那种话题没兴趣?不管怎么样,他们的态度让我们感到十分轻松愉快。

唯一一个看起来既不轻松也不愉快的,就是新田先生。他不时离席去打电话,好像觉得一切都是他的责任,就算妈安慰他也没半点用,他脸上一直露出坐立难安的表情。

今里女士一直跟我们在一起,热心地照顾我们,我觉得她人真好。后来聊起来,我才知道如果不是很喜欢照顾别人、性情又好的话,恐怕没办法做今里女士的工作。"光明之家"是一个纯粹由个人经营的慈善机构,理事长是今里女士的先生。他们十五年前开始营运时，只是装修了自家住宅的一部分来使用，经费绝大多数是自掏腰包。

"这么说，跟伊丽莎白·桑德斯之家[1]是一样的？"

听到妈隔着烤肉的烟提出这个问题，今里女士摇摇头。

"由于法律上很多的规定，我们这里不能收养完全无依无靠的孤儿，学龄前孩童也不行，因为这种情况的孩子，都必须被纳入国家和地方自治体的管理。我们这里收的是单亲家庭的孩子，或是有什么缘故无法跟双亲任何一方共同生活的孩子，总而言之，就是有近亲的孩子。我们算是在这些近亲的委托下，收留他们一段固定的时期，因此我们有收费。"

"可是，光靠那些钱能够过得这么优渥吗？"

这时合唱团正好要开始表演，妈一边看着开始在花园派对会场中央舞台排队的孩子们，一边问道。

今里女士苦笑着说："其实我们……经营得很辛苦。不过，因为有慈善家支持我们的宗旨，靠他们的捐款才能勉强维持，否则像这样的夏季户外教学，我们根本连想都不敢想。"

孩子们在舞台上排好队，散布于会场餐桌边的人们便一齐鼓掌。那些孩子的年纪几乎都比我小。

"每年，大家都很期待孩子们的戏剧和合唱表演。"今里女士眯起眼睛说，拍手拍得比别人都响亮。

在一个年轻女老师的手势之下，孩子们行了一个礼，又响起一

---

1 位于神奈川县的育幼院，是三菱集团的创始者岩崎弥太郎的孙女泽田美喜为了照顾战争孤儿所设立的机构。

片掌声。然后,伴奏的音乐开始了,是《向星星许愿》(When You Wish Upon A Star)。

这时,我总算明白刚才看到的那些布和蝴蝶打扮是做什么用的了。他们的合唱是组曲,全都是用迪士尼电影的主题曲或插曲编成的。在歌曲和歌曲之间,还安插了一些像音乐剧的舞蹈,那些衣服就是为跳舞准备的。

第三首《七矮人进行曲》(Heigh-Ho)开始时,离座的新田先生回来了。"电话完全打不通。"他小声地说,显得很沮丧。

"那也没办法。反正只要在这里等,就会遇到前川律师他们。你还是坐下来看表演吧。"妈轻声说。

唱完七首歌的组曲之后,又回到了《向星星许愿》。队伍两端各走出一个穿着蝴蝶装、背上装了翅膀的女孩,她们挥着前端贴了金银色星星的棒子,踩着舞步,在前面的餐桌之间走动。

原来是妖精啊。我看懂了,她们是来施魔法的。

当歌曲结束时,她们摆好姿势,迎接更热烈的掌声。妈和今里女士还有新田先生都在拍手,只有我整个人傻在那里。

我看呆了,因为右边那个扮妖精的女生实在太可爱了。如果不是妈戳了我几下,我还不知道自己用手撑着下巴,一脸陶醉的样子。我不由得脸红起来。

"这孩子真是的,笑成那样。"妈笑着说,"你在看谁啊?"

"你管我。"

那个女生也就小五或小六吧?我想。看起来就像糖果做的。她叫什么名字呢?

下半场

"是不是右边扮妖精的女生?"今里女士的眼睛真尖,"那是理惠,是我们女生里最漂亮的。"

原来如此,难怪。

合唱结束之后,孩子们也到餐桌旁坐好。他们好像已经吃过饭了,有人发蛋糕和果汁给他们。这时我才注意到时间已经九点多,低年级的小朋友早就该上床了。

我猜得没错,大概过了三十分钟,所有的孩子就在大人的掌声中回到了原木小屋。

"我们明天准备去徒步。"今里女士说,"不过,他们进了房间也一定不肯乖乖睡觉的。"

"那当然,因为太兴奋了。"妈笑着说。

"会不会打枕头仗?雅男,你要不要参加?"

开什么玩笑。不过……如果是跟理惠的话,倒是可以玩一下。

新田先生还是一样坐立难安,焦虑不已,他看了看手表。

"前川律师他们好慢啊,应该已经到了才对啊。"

"说得也是。"这时妈也担心起来,跟新田先生持相同意见,"你确定他们离开东京了?"

"是的,我向留在事务所的同事确认过了。"

"那么,他们应该会来才对啊……"

烤肉的热气让新田先生的眼镜起了雾。在这种状态下,不管表情再怎么忧郁,看起来都很好笑。

"起雾了。"我提醒他。

"咦?"

"你的眼镜。"

"啊啊,这样啊。"新田先生真懒,也不把眼镜拿下来,直接就拿餐巾擦了擦,"这样好了吗?"

我突然想到,我从来没看过他没戴眼镜的样子。他跟一天到晚擦眼镜的岛崎完全不同,他的近视一定是深得不得了,看他的眼镜就知道,那么厚。这样的人把眼镜拿下来,有的看起来会变得很寒酸。他可能是因为不喜欢这样,才不让别人看到他没戴眼镜的样子吧。

一吃饱,哈欠就来了。我们一直等,都等不到前川律师他们。新田先生好几次离开座位去打电话,每次都摇着头回来,让人忍不住有点同情他。

"难道是出了车祸?"

过了十点,连妈也开始露出担心的样子了。可是,新田先生却对这一点大摇其头。

"如果是这样的话,留在东京的同事应该会接到联络,但他们说什么都没有,连通电话都没有。"

"请问一下,会不会是弄错地图了?"我说。

"你是说……?"

"我的意思是,前川律师他们拿的地图,会不会和新田先生的不一样?可能是哪里弄错,我们拿到了不同的地图。然后,我们跑到这里来,但律师他们到对的地方去了,取原木小屋这种名字的别墅和民宿那么多。"

"听起来很有可能。"听妈这么说,新田先生的表情就显得更自责了。

"别介意,这不是新田先生的错。"妈连忙安慰他,可是已经太迟了。接下来整整一小时,新田先生一直黏在电话旁边不肯离开。

我也去看了一下。别墅的起居室里只有一部电话,旁边贴着电话号码一览表,上面有管理公司以及许多的联络电话,像商店、急救医院等万一会用到的地方。这一点,真的很有出租别墅的感觉。

过了十一点,总算接到一通留在东京的同事打来的电话。电话才响第一声,新田先生就飞也似的冲过去接:"喂?啊啊,佐藤小姐?律师有联络了吗?"因为他说了这句话,我才知道是他同事打来的。

新田先生话说得很急,在对话往来之间,他的表情越来越沮丧。

"这么说,真的是我弄错了吗?咦?是那样吗?原木屋?是叫原木屋吗?可是,地图不是佐藤小姐你给的吗?咦?你向我道歉也没有用啊。嗯……嗯……这样啊,那就没办法了。"

我去叫妈。妈还坐在餐桌旁喝着葡萄酒,仰望夜空,和旁边的别墅住户聊天,一派悠哉的模样。

我和妈一起过来时,新田先生已经讲完电话了,正抱着头。

"真的很抱歉,是我们弄错了。"

"怎么回事?"

"好像是负责行政的同事,在影印管理公司给的介绍手册时弄错了。前川律师租的别墅叫作原木屋,地点一样是在诹访,不过是山的另一边，比较靠近湖边，从这里过去要一个多小时。"

"那么，律师他们已经平安抵达了？"

"是的，大约三十分钟前到的。他们那边也很紧张，因为找不到我们。"

那是当然了。这时今里女士发现我们聚在一起谈着什么，也跑过来询问："事情弄清楚了吗？"

向今里女士解释之后，她很高兴地说："还好还好，幸好大家都平安无事。"

"是啊，大家都很平安……"新田先生自己一个人垂头丧气的。

"那么，你们打算怎么办？要现在过去吗？"

"我们知道地点了，所以……"

今里女士温柔地对吞吞吐吐的新田先生说："那就不必硬要在今晚赶过去吧？"

妈看看新田先生，又看看今里女士，眼睛一和她对上，两人相视而笑。

"在陌生的地方开车走山路，又是晚上，是很危险的。你们不用客气，今晚就在这里住下来吧。只要打电话通知另一边的人就没问题了。明天天亮以后，再开车兜风过去。你放心，这种事大家笑笑就过去了。"

"就是啊。如果可以的话，我也希望今晚留下来。"妈也笑着说，"别这么沮丧了。多亏这样，我们才能认识今里女士和光明之家的学生，反而玩得更开心呢。对不对，雅男？"

妈突然问我，害我吓了一跳，不过我也赞同妈的说法，所以点了点头。

"是吗?"新田先生搔搔头,像是稍微放下了压在肩头的担子,"老实说,我对晚上开车没什么把握。"

"这样吗?那就这么说定啰。"今里女士站起来,"二楼后面还有一间空房,请绪方太太用那个房间。新田先生,你就和我们的老师睡同一间房,可以吗?"

新田先生缩着头:"不用了,我睡这边的沙发就好。"

"别客气了。"今里女士笑着爬上楼梯。

好不容易,新田先生也露出笑容。"那么,我去跟前川律师联络一下。"

妈挺身而出。"我也一起去,得跟前川律师打声招呼才行。"

"不不不,不用了!"新田先生惊慌失措地说,"这全是我的错,如果再让绪方太太向律师道歉,我会折寿的!"

他那副过度慌张、惶恐至极的样子,让我和妈都忍不住笑了出来。

"那就交给你了。不过,你千万别太介意。"

我看着打电话的新田先生,边上楼边想,搞不好前川律师是对下属非常严格的人……

那时候,已经快半夜十二点了。

借用浴室洗过澡后,我钻进被窝,妈又去了楼下,因为今里女士约她喝茶。她们两个好像很合得来,因此妈可能暂时不会回房间。

明明应该很累,却睡不着。我没有神经质到换个枕头就睡不着,而且房间和床都很棒。明明不应该睡不着的,真奇怪。难不成是因为理惠吗?

我翻身闭上眼睛,过了一会儿又换了个姿势,叹口气。就在我翻来覆去的时候,突然听到外面有轻盈的脚步声,有人很快地从我房间前面的走廊跑过去。

隔了一会儿,我又听到了。那不是大人的脚步声,是小孩子的。

今里女士说这层楼另外还有三个房间,每间睡五个光明之家的孩子。可能是有人还没睡,正在聊天。

我从床上溜下来,悄悄开门把头探出去。映照着月光的走廊上,没有半个人影,也没有任何声音。我等了一阵子,开始起风了,耳边只传来窗边那棵樟树树枝轻触玻璃的声响。

我正觉得没意思,失望地想把头缩回来时,背后突然有人拍我的肩膀。我没有大叫,不是因为我没被吓到,而是因为惊吓过度,舌头整个缩起来了。

一回头,有一双大眼睛直视着我。月光下,她的双颊洁白如皂,头发也散发出香皂的香味。

竟然是理惠。

她的手非常柔软、冰凉。她穿着粉红色格子睡衣,光着脚,另一只手上则拿着奇怪的东西。

是免洗筷,而且还是一根已经用过的。

"拜托，不要告诉老师。"她轻声说。换句话说，她以为我听到脚步声，知道有人没睡，会去跟今里女士打小报告。

"拜托，不要跟老师说好不好？"她甚至还合起双手拜托我。

"你放心吧，我不会的。"我当然是这么回答啰。

"太好了！"她笑了。她一笑，就看得到她排列不太整齐的牙齿，但这样却更惹人怜爱，让人觉得她更可爱。

"你拿那个干吗？"

我指着免洗筷问道，她突然靠近我的耳边说：

"我们要玩笔仙。"

"笔……仙？"我紧张得连话都说不清楚。请别说她不过是个小学生而已，因为她就是这么可爱。

"对呀。你玩过吗？"

"……没有。"

"那一起来玩吧。好不好？"

理惠牵着我的手，把我带到隔壁去。

"其他人都在吗？"

"嗯。刚才我们在讲鬼故事，然后绫子说她知道怎么玩笔仙，大家都说要玩，我就去拿免洗筷了。"

隔壁房间看起来比我们的大很多，不过摆了五张行军床之后，也没剩什么空间。房间里有三个跟理惠同年的女生，还有一个小三左右的男生，大家挤在两张并在一起的床上。天花板没开灯，只点了一盏床头灯。

理惠手里拿着免洗筷，兴高采烈地爬上床。我在床上坐下，观看围在他们中间的东西。那是一张从素描本上撕下来的纸，上面画着五十音的格子，还有一个星形图案，是用铅笔画的。

"我把隔壁的人也带来了。"理惠很简单地把我介绍给他们。坐在正中央的短发女生——看样子她应该就是绫子——以严肃得不能再严肃的表情，撇着嘴问我："你相信笔仙吗？"

小六去户外教学时，我曾看到好几个女生在晚上玩这个。女生们聚在一起，好像一定要说鬼故事和玩笔仙。

被问到这个问题，如果不回答"我相信"，就无法加入他们。所以我就回答"我相信"。

"那么要开始了，大家请手牵手。"

我所知道的玩法是不必牵手的，但我旁边的理惠紧紧地握住我的手，我决定不提出抗议，而且这很可能是更高阶的版本啊。

"绫子，快点！"性急的女生催她。

担任女巫角色的绫子煞有介事地说："大家不可以把气吹到星星上，那是笔仙坐的地方，会很没礼貌。"

在写了五十音的格子前，斜放着刚才那支免洗筷，支撑它的是糖果纸。

绫子含糊地念着咒语，一本正经地说："笔仙笔仙请出来。"然后轻轻举起右手，颤抖地把食指放在免洗筷的另一端。

"笔仙，你在这个房间里吗？"

免洗筷震动了。

"你在这个房间里吗？"

绫子第二次小声地问道，免洗筷前端慢慢地动了，移到格子上，先指"是"，然后指"的"。

大家吓得大气不敢喘一下。

"来了。"绫子小声地说，"大家不可以向后看。"

绫子还蛮有表演天分的——我这么想，不禁觉得有点可笑。大人每次都说什么"长大之后就会失去赤子之心"，其实小孩子的成长也分好几个阶段。现在的我，已经把小学时相信、敬畏笔仙的心情，和书包一起不知道丢到哪里去了。

"笔仙、笔仙，你愿意回答我们的问题吗？"

免洗筷又震动着指出"是的"。

"刚才我们已经猜拳决定顺序了，第一个是理惠。"

绫子压低声音下达命令，理惠紧紧握住我的手，跪着向前移动，把手指放在免洗筷的一端。

"笔仙，"理惠用发抖的声音叫着，问道，"我妈妈很快就会来找我吗？"

这个问题让我想起光明之家的孩子们的处境，突然间感到一阵心痛。

免洗筷并没有马上移动，理惠怯怯地重复了相同的问题。

让笔仙的免洗筷移动的，是问话者内心的力量，当愿望无意识地传达到指尖，便会出现问话人渴望的答案。我同班的女生问"田中同学喜欢我吗？"之类的问题时，也是每次都会出现她们想要的答案。

可是，理惠的筷子却没有动。由此可知，她心里有着复杂的情绪。她妈妈大概很少来看她，而且可能有什么理由才不能来。理惠虽然清楚,却还是很想妈妈,因此还是问了。

好不容易,筷子缓缓移动,回答了"是""的",笑容爬上理惠的双颊。

下一个人和下下个人,问的都是类似的问题。什么时候能回家?妈妈的病什么时候会好?爸爸现在在哪里?

光明之家应该是这类机构里环境最好的了,但大家还是很想家。

"你不玩吗?"

理惠碰碰我,我才回过神来,看到绫子在瞪我。

"不可以不问问题。如果不是大家都问问题,大家一起道谢,对笔仙是很没礼貌的。"

这女生的"不可以"真多。没办法,我想了一下,然后……

我想确定一下我内心真正的想法。我把手指放在筷子上,吸了一口气,静静地问:"我的父亲是绪方行雄吗?"

理惠微微歪着头,好像想说什么。我动了动嘴角露出微笑。

"不可以笑!你太不认真了!"结果被绫子骂。

筷子不动。我本身的下意识还没找到答案吗?无法立刻判断自己希望的是哪一边吗?

是绪方行雄?还是泽村直晃?

就在这时,我自己明明一点想动的意思都没有,筷子却滑动了起来,然后拼出:"不""是"。

不是。

我觉得自己心里好像有什么东西变了。好像血流改变了方向、心脏换了地方，脸变得热烘烘的。

我忍不住脱口而出："那我的爸爸是谁？"

我才说完，绫子就把我推开，力道大得简直快把我推倒。

"不可以一次问两个问题！道歉！赶快道歉！"

大家吓得在慌乱中结束。绫子毕恭毕敬地向笔仙道歉，也叫我道歉。

当她接着说"谢谢，请笔仙回去"时，走廊下传来脚步声，这次是大人的脚步。

所有的小孩一起钻到床上，无处可去的我只好躲在床底下。才刚躲好，房间的门就开了，传来今里女士的声音。

"大家都还没睡吗？刚才是谁在说话？"

没有人回答，只有装出来的鼻息大合唱。

不久，门悄悄地关上。我从床底下爬出来，听到绫子跟我说："谁叫你乱来，你会被诅咒的。"

我站起来，抚平睡衣上的褶皱。"可能吧。如果被诅咒的话，该怎么办？"

"只要好好地道歉，拜拜就没事了。"

"谢谢。"

不过，也许我早就已经被诅咒了。

我突然觉得好渴，好想喝水。我沿着楼梯下楼，正好遇到妈要上来。

"哎呀，你还没睡啊？都已经超过一点半了。"

"我好渴，而且也想上厕所。"

"下了楼的右边就是了。"

一楼只有一些地方点着小小的夜灯,看不到半个人影。我上完厕所,喝完水,不想马上回房间,就走到起居室的窗户旁,透过窗帘缝隙看着外面。

灯笼熄灭了,整幢别墅都陷入沉睡中,只有正面大门的灯微弱地发着光。森林看起来又深又暗,在黑夜之中仿佛没有尽头。

我看着外面好一会儿,觉得有点冷,打完喷嚏正想上楼时,忽然注意到一个东西。

这里有电话,就在起居室角落的桌子上。

我突然好想听爸的声音,好想向他道歉,也好想向他抱怨,问他为什么事情会变成这样!

我走到电话边,拿起听筒按了我家的电话号码。铃声响起。就算只是一句"喂?"也好,我只要听到就挂掉。无论如何,我都想听听爸的声音。

没有人接,电话一直响,五声,七声,十声……

总算,咔嚓一声,有人接了。

可是,传来的却是完全陌生的声音。一个男人低沉地说:"喂,这里是绪方家。"

我反射性地放下听筒。谁?接电话的那个人是谁?

直到这一刻,被我忘记的荒唐想象,就像用力扔出去的回力镖一样,突然又朝向我直飞回来。

刚才那是谁啊?爸真的把那个牧羊女怎么了吗?所以刑警才会在我们家盯梢?刚才那是刑警的声音吗?为什么不是爸接的?

我喘不过气来，跑到窗边把窗户打开。夜晚冰凉的空气涌进来，让我从身体里面发起抖来。

要不要再打一次？可是……如果又是别人的声音呢？

东京一定发生了什么事，警察也因为找不到我们而头痛。到了明天取得联络，升起的太阳就会直接在我们头顶上碎裂、掉落……

我突然被窗外某个东西吓到，刚才改变流向的血液，现在又恢复原状。

我看到了。不是刻意去看，而是随意望向庭院里的大樟树时，瞥见有陌生人站在树下。一个黑黑的人影，侧身面对着我。

不，那不是陌生人。因为我一下就认出那是谁了。

是泽村直晃。

那个瘦长的身影，一只手插进口袋，微微低头的背影，和杂志上刊登的一模一样。

我用力眨着眼，下一秒钟就跳到阳台上。由于冲得太猛，膝盖撞到栏杆，痛得我连叫都叫不出来。

大樟树下已经没有半个人影了，只有我的喘气声扰乱着沉睡的夜……

我回到房间，却整晚都没睡。既然睡着时做的梦和醒来时看见的幻觉一样都带着不祥色彩，那睡觉就毫无意义。

天一亮，我马上起床，妈好像睡得很熟。我换了衣服下楼，又开始打喷嚏。明明是夏天，山里的气温却很低，感觉好像泡在水里一样。

虽然身体很疲累，我却静不下来，话虽如此，我也没有勇气再打一次电话。我真的不敢，甚至连走到电话旁边都觉得呼吸困难。

所以，我决定到外面看看。

我套上运动鞋，咚咚咚地跑下阶梯。似乎有些人习惯早起，有些别墅的窗户已经打开了。朝阳中的灯笼看起来像错过采收期的水果，垂头丧气地挂在上面。

我慢慢穿过别墅。昨晚派对的痕迹还在，纸杯、葡萄酒的软木塞掉在脚边。之所以不至于令人扫兴，是因为这里是度假胜地吧。

走到一半，一辆大型的休旅车缓缓地超越我，上面坐着两个男人，其中一个对我打招呼说"早"，我也向他打招呼。

他们两个穿着钓鱼背心，是到诹访湖去钓鱼吗？

陌生人的招呼，让我心情好了一点。

再往下走一点，就到了我们昨晚通过的大门旁边。我伸手推了推，没有动。大门旁边有一个装了灯的箱子，上面有钥匙孔。刚才开车经过的人大概有钥匙吧，不过我的方法更简单，我直接跳了过去。

高处有各种鸟在叫，我抬头看看天空，挥了挥手，让头脑呈现一片空白。

我一步步向下走，转过一个和缓的弯道后，传来引擎的声音，原来有一辆车停在坡道上。那是一辆银灰色的跑车，驾驶座上好像没有人。

车子朝着上坡的方向停着。我从后面绕了一圈，来到驾驶座旁，发现门没关好，钥匙也插在钥匙孔里。

真是太不小心了……我一边想着,一边伸长脖子看,看到驾驶座旁的位子上有个纸箱。虽然我平常不是好奇心特别强的人,不过这个倒是有点引起我的兴趣,因为我猜出了那个箱子里装的是什么。

我轻轻打开盖子,里面整齐地排着大小跟口红差不多的东西。没错,果然被我猜中了。

那是霰弹枪的霰弹,白色纸制弹壳里装满小小的铅制弹丸。我在爸的上司三宅所长那里听到很多关于霰弹枪的事,因此马上就认出来了。

枪大概是放在车子的行李箱里。不过这附近有猎场吗?狩猎的季节应该还要更冷才对,那就是有靶场了。对,刚才超过我的那两个开休旅车的人,可能是为了练习才一大早就出门。那种胸前口袋可以放填充弹的背心,跟钓客的很像。

我四处张望,这辆车的司机没有回来的迹象。我有点迟疑,最后还是敌不过好奇心,伸出手轻轻捏起一颗霰弹。

我听说霰弹的弹壳现在几乎都是塑胶做的,不过这里却是纸做的。那么,这就是手工填装的了。听说有些很讲究的人,会自己调配火药的量和霰弹的数目,做出自己喜欢的子弹。

竟然把这种东西丢在车子里,这个人真粗心。幸好遇到的是我这个善良的少年,要是被坏人看到多危险啊。我是说真的。

还是说,他出了什么事吗?

这时大门那里传来了咣当的声响,有人在开大门,我急忙想把霰弹放回原位。

可是欲速则不达，我脚下没踩好，整个人向后倒。那里是路的尽头，背后是平缓的山崖，高度大概五六米。我赶紧吞下大叫的声音，屁股着地滚下去，手上还拿着霰弹。

要是填充弹落地就危险了！我拼命握住霰弹，不让它松落。幸好我滚下去的地方长满柔软的杂草，也没有会撞得头破血流的大石头或粗壮的树。我一头栽进一个不算杂木林，倒像是杂草丛的灌木里后停了下来。

上面马上传来车子驶过道路的声音，又有人出去了。等到声音离得够远，我才慢慢地爬起来，从杂草丛里抬起头、抽出脚。我正想站起来时，这次却有脚步声靠近，有人很快地跑进这里。我连忙低下头，想再度躲回草丛的阴影中，结果却发现手上空了。霰弹从我的手里溜出去了！

那一瞬间就像是慢动作，我看得一清二楚。离开我手心的霰弹，划出平滑的弧线向下掉落，往地面的杂草——快，往杂草……但它却偏偏往一个凸起的小石块飞过去……

我的脑袋好像停止运转了，那里面可是装了火药。三宅所长跟我说过，光是用力敲雷管就会爆炸。要是掉在石头上……

轰隆！

我不管三七二十一，卧倒！

过了一会儿，上面的马路传来关车门的声音，然后是发动引擎的声音。

我抬头往上看，刚才那辆跑车倒了车，正在掉头。我从坡度平缓的山崖底下向上看，只看得到车顶的部分，不知道是什么人在开车。

车子向后退了一大段,掉过头,整辆车就从我的视野里消失,留下一阵畅快的引擎咆哮声后,就此远去。

我小心翼翼地爬起来,这次没有放开霰弹。刚才没有爆炸,只能算我运气好。

可是,这东西该怎么办?

我总不能随身携带这么危险的东西,又不能乱丢。要是被什么都不知道的人发现,当作垃圾随便一丢,那就不得了了。铅制的霰弹四处飞,可是会造成意想不到的大伤害。

都是因为好奇心作祟,才会变成这样。总之,我一边朝着马路爬过去,一边观察四周。要是有水洼或池塘之类的,就可以丢进水里了……

再往下一点,悬崖边长着一棵歪七扭八的树。树干并不怎么粗,不过到处都长了瘤,还开了一个洞。

如果把霰弹放进洞里,火药没多久就会潮湿了吧,也不必担心被别人找到。我小心地先用手探过那个树洞之后,才轻轻地把霰弹放进去。

唉!累死我了。

我拍掉身上沾的泥土和草叶,回到原木小屋。一走上门口的台阶,打开门,就闻到咖啡的香味。今里女士已经起来了。

"哇,你起得真早啊。"她笑着对我说,"困不困?我知道了,你一定是饿了吧?"

我洗完脸,喝下今里女士帮我泡的咖啡牛奶。

"这附近有可以射击的地方吗？"

"哦，你连这个都知道啊。"今里女士露出钦佩的表情，"在湖的附近有个类似的场所，好像叫……克雷靶场吧。"

"果然。"

我把和休旅车错身而过的事跟她说了，另一辆跑车的事就没提，因为我有点心虚。

"哦，那辆休旅车一定是从这里过去第四幢别墅的人，就是屋顶装了风信鸡的那幢。那位屋主好像是哪里的社长，兴趣是射击，还会到国外去射。听说他就算来这里，也是三天两头就往射击场跑。"

聊着聊着，其他的老师也起床了，厨房和起居室都热闹了起来。

妈起来时已经接近七点半。

"早安。雅男，你这么早就起床了。"

"他还去散步回来了呢。"今里女士边倒咖啡边说，"你是最后一个起床的。"

妈看了看四周："新田先生也起来了吗？"

"是呀，我遇到他了。他起得非常早，搞不好比雅男还早。而且已经换好衣服，戴上眼镜了。他会不会一晚都没合眼呀？责任感太重了。"

"真是个想不开的人。"妈笑了。

今里女士向与新田先生同房的年轻男老师问道："那位先生有没有好好休息啊？"

年轻老师搔搔头:"这个,我一回去就倒在床上呼呼大睡了……"

"他到哪里去了?"说着,妈四处张望。

"去散步了吧。雅男,你没遇到他吗?"

我回说没看到。

"没关系,待会儿就会回来了吧。"

可是,他却没回来。八点没回来,过了八点半也没回来。

当然,他也不在房间里。不用说房间了,到外面去又回来的今里女士皱着眉头不安地说:"车子也不在。"

妈和我上楼,走进他过夜的房间。行军床好像有一点躺过的样子。可是……

"雅男,没看到行李。"

没错,没看到新田先生昨天提的那个小旅行袋。

"他会不会是到另一边去了?去原木屋那边。他一直那么紧张,会不会先过去报告了?"

听到今里女士这么说,我想起今天早上那辆跑车离开之前,还有一辆别的车先开走,可能就是新田先生。

"那是什么时候的事?"

"我也不太清楚……顶多六点多一点吧?"

"如果那是新田先生的话,他现在应该已经到了。"

妈想打电话到原木屋去问,可是……

"哎呀,真是的,我没有电话号码。"

昨天所有的联络都是新田先生一手包办的。

结果,我们一直等到九点管理公司上班才打电话过去问,他们马上就告诉我们原木屋的电话,也确认前川律师确实是租了那里。

孩子们热闹地吃过早餐后,准备出去野餐。妈背对着这片欢乐的嘈杂声打电话,我也站在旁边。

"喂?请问是前川律师吗?"

电话打通了,我们松了一口气。

"啊,您是律师的公子吗?真是不好意思,我是绪方聪子,这次谢谢……啊?"

妈的表情突然变了。我本来以为她想微笑,然而妈却紧皱眉头,像听到了什么低级笑话似的扑哧笑出来。

"什么?请问你说什么?"

对方的声音大得连旁边的我都听得到,他们几乎是鸡同鸭讲。

"雅男?他就在这里啊。我和雅男都很好……啊啊?"

我实在忍不住,便接过听筒:"喂?我是雅男。"

"你是雅男?你没事吧?没有怎么样吧?"

对方大声叫嚷,光听就知道他情绪激动得不得了。

"是,我很好。发生什么事了?"

"发生什么事……我才想知道到底是怎么回事!"

前川律师儿子的声音像在哀号。

"你们打电话回东京吗?"

"没有。因为……"

"你先打就是了,马上打!我也得赶紧通知警察。"

"警察?"

这个意想不到的词，让四周的人全竖起耳朵。我好像喊得太大声了，就连准备完毕、在起居室排队的孩子们，也一脸惊讶地看着我。

理惠也在其中。或许是我自作多情，她看起来很担心的样子。我也感觉到绫子责备的视线。

看吧，你果然被笔仙诅咒了。

妈紧紧地握住我的手，和我一起把耳朵靠在听筒上。

"你们仔细听我说。"前川先生的儿子强忍颤抖地说。

"昨天傍晚，你和你妈就被绑架了。歹徒向你爸爸要求赎金，东京已经闹了一整晚了！"

这时如果我有特异功能，一定能清楚听到最后一颗命运骰子转动的声音。不过，实际上我的脑袋只是嗡嗡作响而已。

等到骰子停下来出现点数，已经是很久很久之后的事了。

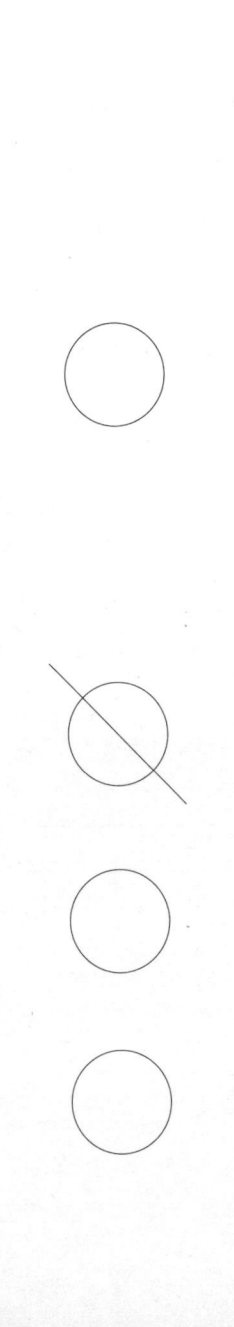

"欢迎回到混沌之中。"

东京以这句话迎接我们。

我们半路上就遇到从东京赶来的刑警座车,便从县警车换乘刑警的车子回东京。一进入东京都内,头顶上就传来直升机的声音。我们明明避之唯恐不及,却再度成为莫名骚动的主角。

负责承办的警部先生姓田村,借岛崎打的比方,他的长相才叫"丑得吓人"。他壮得跟一座山一样,声音也粗得吓人。知道警察有一大票都是这种人之后,我死都不会去当不良少年。

"请先让我们问一些问题。"田村警部说,"本来应该先让你们和绪方先生会面,但他现在麻醉还没有退。"

麻醉还没有退……

我的脑袋里有一个小小的"柜台",负责接收大脑从外部接收的信息,等它盖过收发章,再把所有资料分发到各个负责单位。所有作业快得跟速子[1]一样,平常我根本不会注意到有这些流程——

---

1 一种假设快于光速的基本粒子。

除非突然遇到不知道该分发到哪个单位的陌生名词。

我脑袋里的柜台现在正闹成一团："'麻醉还没有退'？这句话是哪个单位负责的？"因此我一下子没有任何感觉。

我抬头看妈，她也是一脸呆滞。好像她脑袋里的柜台已经挂出"本窗口暂停服务"的牌子，溜之大吉了。

接着，她的脸色开始越来越苍白，眼皮颤抖着，就像全自动洗衣机排水时显示灯在一闪一闪的。

"我先生受伤了？"

妈喃喃自语地说，接下来像要扑倒大块头警部似的冲过去大声嚷着：

"他受伤了？为什么？到底发生了什么事害我先生受伤？伤势很严重吗？会死吗？"

"别慌别慌，绪方太太，请你冷静一点。"

警部张开大大的双手，像横纲在相扑义演中对付小朋友一样，按住妈的肩膀。

"他没有生命危险，只是稍微从悬崖上掉下来而已。"

"从悬崖上掉下来？"妈眼睛睁得好大，"悬崖？"

"其实没有那么严重。虽说是悬崖，高度大概也只有两层楼高……"

"两层楼？！"

"妈！"我实在受不了，就进来协调，"拜托你冷静一点！"

妈根本忘了我的存在，反而更凶狠地逼问警部。

"从两层楼高的地方掉下来，照样会死人的！你却说他只是稍微掉下来？你说稍微？"

"绪方太太……"

警部就像唱歌时的多明戈一样摊开双手、仰头看天。呃，不是……多明戈的歌迷，对不起。多明戈本人帅多了。

"真是抱歉，我说错话了。绪方先生是因为脚骨折住院，是这次事件唯一一名崇高的牺牲者。"

"牺牲者？！"

妈的声音高了不止八度，我伸手盖住脸。

"你是说，我先生死了？！"

"不是的，不是的，绪方太太，是我失言了"——在警部匆忙加上这句话来订正之前，妈就昏倒了。

因为发生这种状况，我只好独自在当地警察局一个房间里听田村警部说明。这位刑警先生是个老烟枪，我想他一定是因为这样把心脏搞坏了吧，呼吸又粗又急。他每次一动，椅子就会嘎吱地叫，对着他好像面对一头猛牛一样。我再次下定决心：神哪！我绝对不会学坏的。

"这样吧，请你先告诉我，从昨天到今天到底发生了什么事？不用急，慢慢说。"

我结结巴巴地开始说明，警部先生做笔记。我的话要是前后颠倒、主次不清或搞错时间，警部先生就会插进一些巧妙的问题，把缠在一起的线解开。他长得虽然恐怖，技巧倒是跟心理辅导室的老师差不多。

我说完之后，警部先生大大地呼了一口气，使得小山般的烟灰一起被吹了起来。在我正后方的刑警被烟灰喷个正着，用力咳个不停。

"哦，抱歉。"警部先生用他的大手扇了扇，"原来如此，我明白了。"

"我完全没感觉到危险。"我说。

真的是这样。唯一让我感觉到危险的是掉落那颗霰弹的时候。不过从那辆跑车里摸走一颗霰弹的事，我只字未提。开车的人应该是打算去靶场吧，跟事件无关。要我跟这位警部先生招供说自己偷了霰弹枪的子弹，简直比死还可怕，套用一句绫子的口头禅："绝对不可以！"

"所以，我一下子很难相信我们是被人绑架的，还被要求赎金，现在也一样。这是真的吗？不是恶作剧？"

警部瞪着我看。"不是恶作剧，因为赎金已经被抢走了。"

"多少钱？"

"五亿元整。"后面的刑警回答。田村警部撑起他扁鼻子的鼻孔点头说："就跟你妈妈接受的遗赠一样多。"

第一通电话，是在昨晚七点左右打到爸那边，正好是我和妈刚到原木小屋的时候。

"你太太和孩子在我们手上。不许报警，立刻把钱准备好。现金五亿，别说你没有——电话的内容大概就是这样。"

电话里是男人的声音。

"不过，最近很容易就可以弄到变声器，之后同一个人又打了两三次电话来，用电话录音分析声纹之后，才知道打电话的应该是女人。"

"声音变了也分辨得出来吗？"

"当然可以，警察的头脑是很好的。"

长相就不见得很好了……

"所以，"警部点起烟，继续说，"你爸爸立刻就向我们通报。身为一个市民，这是非常正确的态度。晚上七点四十八分，我们特殊犯罪侦查小组就兵分两路上场了。"

为了不让邻居发现，警部先生和他两个部下打扮成清洁管线的工人。这件事是其他刑警后来告诉我的，幸好不是他本人告诉我，不然我一定会当场笑出来。

"下一通电话在晚上八点三十分整打来，说要让你爸爸看两个人质在她手上的证据，地点是埼玉县南部的建筑工地里。她要求你爸爸一个人去，不过我们当然偷偷跟在后面。晚上十点零二分，你爸爸发现证据，确认那是你和你妈妈的东西。"

在警部先生告诉我之前，我就知道那个证据是什么了。

"是不是我的T恤和我妈的POLO衫？"

警部用力点头。

到这里，就不需要再说明了吧。那个"新田先生"——开车来接我们，弄错目的地，频繁地打电话到事务所，说他开夜路没把握，让我们在原木小屋停留一晚的那个"新田先生"，是犯人假扮的。真正的新田先生一直跟前川律师共同行动，担心着我们的安危。

也就是说，那个"新田先生"是绑匪的同伙。

"在绑匪打电话给你爸爸之前，前川律师因为去出租大厦接你和你妈却没接到人，便开始觉得奇怪了。那位律师大概是做那一行的关系，马上就感到不对劲。他没想到会是绑架，只是察觉到有问题。明明跟你们约好了，两个人却都不见踪影，实在很奇怪。"

前川律师立刻联络爸。警察赶到出租大厦之后，悄悄进行侦讯，住在附近的人表示，下午三点左右，看到我和妈搭一个年轻人开的白色轿车出去。

"事情至此，我们就知道是真的，不是恶作剧。"

仔细想想，的确有不自然的地方。昨天电话里，前川律师跟我说的是"傍晚从这边出发"，但接我们的车子三点就到了。就算冬天白天很短，下午三点也不叫傍晚吧。

我们之所以会被那个"新田先生"骗得团团转，是因为之前我见过他一次，完全相信他是律师事务所的人。因此当昨天我说"妈不认识他吗"，而妈回答"不认识，第一次见面"时，我和妈都不觉得有什么好奇怪的。

"这就是犯人聪明的地方。"田村警部不高兴地说道，"负责去接你们的男人，为了事先取得你的信任，可能早就在等待机会。你会在西船桥遇到他，完全不是巧合。"

他主动找我说话，让我坐上车，有意无意地让我看到他在法律事务所工作的证据，赢得我的信任。不过那种程度的知识，不必到法律事务所工作也能知道，而且只要有心，要拿到前川律师事务所的信封也不是难事。

但是看到那个信封，人们还是会被骗，这是极为简单的心理诡计。

"只要能骗过你,接下来就简单了。只要不是太离谱,做母亲的都不会去怀疑对自己孩子好的人。"

绑架那天也是,只要能骗我们上车,再前往不同的目的地,事情就简单了。在相模湖附近的休息区把咖啡泼到我们身上,让我们换衣服,也是计划中的事。他只要在把纸杯递给妈时,稍微把时间错开即可,简单得很。

"他说他要把换下来的衣服放进后备厢,其实是交给附近的共犯吧。不然就是丢在地上让共犯捡走……"

那些衣服在当晚十点多被送到埼玉县的建筑工地,成为"绑架"的证据。

"你爸爸发现证据之后,硬是叫银行开门,把五亿元全部提出来。遇到这种紧急情况,银行也不会啰唆。然后我们开始等犯人联络……"

现在听起来没什么,据说当时在等待时,真的很要命。不是因为等待时间让人痛苦,而是等的时候有一堆无关紧要的电话打进来。

没错。爸回到公寓之后,一接起电话线,恶作剧电话和骚扰电话马上就又开始了,而且因为之前怎么打都没有人接,他们像是要发泄闷气似的,以排山倒海的气势猛打。

"每次电话一响,你爸爸就冲过去接,结果是恶作剧电话,他气得把电话挂掉,立刻再打来,这情形一直重复。你爸爸很怕在接这些电话时,真正的绑匪打来,因为打不通,一气之下把你或你妈妈杀了。一想到这里，你爸爸真是生不如死。"

所以，昨天半夜一点半我打电话回家时，接电话的人不是爸，就是这个缘故。

我把这件事告诉警部，他惊讶得睁大眼睛。害我心想，是不是该伸手到警部的脸下面帮他接掉下来的眼珠子。

"原来那是你打的啊……那时你爸爸因为头昏躺平了，因此是我帮他接的。"

"原来那是警部先生的声音啊？"

"是啊。不过，你怎么会在那种时候突然想要打电话给你爸爸？"

怎么办……要说真话吗？但是事情说来话长，又很麻烦，还会牵扯到家务事——我心里正犹豫着该不该说时，警部先生慢慢从椅子上站起来，嘴唇向左右拉开，愉快地笑了。

他靠近我的脸，低声说了两个字："快招。"

我招了，一五一十地招了。

在我说明的时候，警部先生双手交叉，放在肚子那里，下巴垂到胸口，一直没说话。说到后来，警部先生的手越抓越紧，最后变成一个好大的结，让我有点担心。

爱听笔仙和鬼故事的多半是女人和小孩，如果是男人，就算是大人，也有很多人讨厌或害怕听到这类的故事。我想，警部先生搞不好也是这种人。

"我不是很有把握我真的看到鬼魂。可是……警部先生，你还好吗？"

警部先生还是皱着眉头，只转动眼珠子看我。

"你问我？"

"是啊。这种事会让你不舒服吗？"

"你怎么会这么想？"

"因为，你一直把自己抱成一团。"

警部先生低头看自己的手。如果有镜子的话，真想让他照一下。

"很怪吗？"

"很怪。"

"我背很痒，"他还是保持同样的姿势，"就在背的正中央。不管用哪只手都够不到，真可恶！"

原来跟我想的差了十万八千里。我想也不想就说："要我帮你抓吗？"

我绕到警部先生的椅子后面，从上衣下摆伸手进去，在他肌肉发达的背部正中央抓着。

警部先生满足地呻吟："啊，真舒服。唉，案子一件接一件，被叫来处理你的绑架案时，我正为了查另一起案子到处跑。所以，算起来连今天已经一个星期没换衬衫了，难怪背会痒。"

我立刻停止抓痒，这是当然的。

"哦哦，谢了！"

警部先生说完，安稳地在椅子上坐好，整个表情都松懈下来了。

"关于你见鬼的事，不必放在心上。"

"你是说我看错了吗?"

"那倒不是。"

"还是说,世界上不可能有鬼?"

"这个我就不知道了。"

警部先生以认真的表情努力想了想,然后说:"侦讯室不是用来讨论这种话题的。不过,你就把你看到的鬼魂当成泽村直晃吧,这样比较合理。要是你说,你那时看到的鬼魂不是他,而是你去世的爷爷,那可就令人伤脑筋了。"

我完全听不懂警部先生的意思。

"没关系,以后你就会懂了。"警部先生自顾自地做了结论。

一想到昨晚看到的那一幕,我就觉得背上好像被人用结冰的刷子刷过一样,一阵毛骨悚然。不过,我会有这种感觉也很奇怪。

因为,对我而言,泽村可能是我的亲生父亲啊。但在他生前,我却连一面也没见过。如此一来,就算是鬼魂,我应该会想见他一面才对,不是吗?

"我是不是很无情啊?"

我喃喃地说。结果,不愧是警部先生,好像完全了解我这句话的意思。

"因为你怕鬼吗?"

"……嗯。"

"当然会怕啊。不管你看到的是什么,只要你认为那是鬼,自然就会害怕。"

我没说话。

"听好。"警部先生继续说,"如果人死后现身,不管他是谁——他生前最爱他的人还是会害怕。因此,死亡才令人悲伤,大家才会害怕死亡。因为,死了就会被遗忘了。"

我抬起头来,看到警部先生严肃的眼神。

"所以,才会说一了百了。懂了吗?"

"懂。"

"很好。"警部先生点点头,"不过,你这孩子想象力也真丰富。"

"怎么说?"

"只不过听到陌生男人接电话,立刻就联想到爸爸把情妇杀人弃尸,结果事情曝光,刑警跑到家里来调查什么的。"

可是,我们的导师说过"想象力正是使人类进化的原动力"啊!

"她和这次的案子无关吗?"

那位死要钱,但最重要的脑筋却很差的美女,不可能策划出这次的计划。不过,我还是问问看。

"其实,我们第一个也是先调查她的住处,"警部先生回答,"因为我们认为她参与绑架的可能性非常高。"

"会吗?"

"这是以概率来说。她是和你爸爸闹翻的外遇对象,而且又有金钱纠葛。"

不过,她和这件事无关。她从四天前就不在日本,去参加环游欧洲十日的旅行了。

"是跟另一个男人去的。"警部先生加了一句。

"动作真快。"

"这也是另类的生活智慧吧。"

警部先生又把椅子向后倒，点上一根烟，吞云吐雾起来。站在后面的刑警很机灵地站起来，拿起放在桌子一角的茶壶倒了杯茶递过来，顺便也帮我倒了一杯。

"可是，警部先生，现在想起来，昨晚我打的那通电话很险吧？"

"你是说……？"

"因为，要是我那时候随便说一句话，犯人的计划就泡汤了啊？"

警部先生一副懊恼的样子。"一点也没错。"

真正的犯人在半夜一点四十分的时候，打电话来联络怎么交付赎金。

"他们竟然在那种时候要求把钱换成珠宝。"

"珠宝？"

"'波塞冬的恩宠'，你知道吗？"

什么？！

犯人竟然要求以整整五亿元去买"波塞冬的恩宠"。那对跟鬼牌一样的首饰，再次以不吉利的方式出场了。

"所幸，那家加贺美珠宝店也很帮忙。虽然是大半夜，店长倒是很爽快地出面了。"

一开始，加贺美的店长说，因为种种缘故，价钱才炒到五亿，珠宝原本只值三亿，所以只要三亿就好，但警方却反对。

"犯人要求以'五亿元去买'，而且，他们以珠宝的形式得到那笔钱，下次很有可能要求加贺美'以相同金额买下'。那么有名的珠宝是绝对没办法脱手的，我们不能给加贺美造成麻烦。"

爸也不反对警方的做法。

"他们说要以电话通知交件时刻，还指示说要用荧光涂料在装了珠宝的袋子上做记号，然后要你爸爸单独开一辆装了行动电话的车子，在凌晨三点上常磐公路，朝柏市的方向开。"

不过，实际上却不需要开到柏市。过了三点十分，犯人就打车上的行动电话。

"他们要求你爸一过江户川，便在下花轮那里减速，把装了'波塞冬的恩宠'的袋子往下丢。还说什么'反正有警察开车陪你，减速一下也不会出车祸'。"

爸依照指示做了。三十分钟后，犯人又打电话来。

"他们说人质留在千叶的锯山。我们和你爸连忙赶过去，你爸那时已经陷入半疯狂状态，所以……"

搜索到一半，他就因冲得太快从悬崖掉了下去。虽然高度只有两三米，还是摔断了腿。

"而且还被蛇咬了。"

"那种地方有蛇啊？"

"有啊。因为漫山遍野都是杂草。那时候又是半夜，你爸爸大概是掉到睡着的蛇身上吧。幸好不是什么毒蛇，而是草蛇之类。不过，你爸不是最讨厌长长的东西了吗？"

爸好像是因为蛇才昏倒的，不是因为骨折。

警部先生继续说话，不过我几乎没有在听，因为我脑子已经塞满了。

爸……

在半疯狂的状态中到处找我和妈的爸。

说到这儿，爸最讨厌长长的东西了，我都忘了。

跟我一样。

"——真是气死我了！"警部先生大喊一声，我才回过神来。

"啊？"

"你没在听吗？我们布下严密的临检，查遍现场附近所有的车子，结果连'波塞冬的恩宠'的影子都没有。真是气死人了！这个计划实在太高明了，连你们被带走的时间也安排得很巧妙，只错开一点点……"

的确，犯人的行动没有破绽。他们是在完全掌握我们的状况之下采取行动的。

我突然一阵心惊，舔了舔嘴唇。

"警部先生，你该不会认为前川律师也牵扯在内吧？"

警部先生闷闷不乐地回答："现在正在查。"

我忍不住想象前川律师被刑讯的样子。不过，警部先生说的不是那个意思。真是人不可貌相。

"调查很花时间吗？"

我很想赶快到爸妈在的医院去，所以这么问。

结果警部先生挥挥他的大手说："用不了多久的。你要不要趁这个时间吃个饭？反正现在还没办法去见你爸妈。难得来警察局一趟，不如吃个猪排饭再走，这可是个宝贵的经验。"

"应该说，我们希望你成为一个难得进警察局的好市民。"

后面的刑警笑嘻嘻地说，离开位子去叫外卖。

警察局的猪排饭有点咸。

警部先生的部下拿报告回来的时候，我们已经在侦讯室吃过饭，正在喝茶。

"警部，果然有。"

"是吗？辛苦了。"

我战战兢兢地问道："有什么？"

"前川律师事务所的电话里……"警部先生点着一根烟，"有精密的窃听器。"

犯人就是透过那个偷听我们的对话的，所以行动才那么有效率。

"前川律师和案子无关。我们的人套他的话，他却一点反应也没有，他大概也不知道窃听器的事。"

警部先生用力捻熄香烟，喃喃地说："真是让人生气。"

"抓得到犯人吗？"

"一定要抓到！"警部先生宣告，又喃喃低语，"抓是要抓，不过真正的幕后黑手大概是抓不到了。"

"为什么？"不管是什么幕后黑手，只要这位警部先生出马，一定会乖乖投降吧。

可是，田村警部却摇摇他壮硕的脑袋。

"照我的看法，这个计划的策划人，也就是真正的幕后黑手，早就已经死了。"

我正想问这是什么意思的时候，一个年轻的女警来叫我：

"雅男小弟弟，可以见你爸爸妈妈了。"

警察来通知那件事时，正好是我和田村警部到达医院，前往爸的病房的时候。刑警先生气喘吁吁地追过来，叫住警部先生，以激动的语气说了一阵子。警部先生以一张可怕的臭脸听完之后，说了一句"知道了"，便催着我往前走。

"怎么了？"

"实在是怄死人，"警部气得鼻孔都张大了，"不好的预感成真了。"

我一打开病房的门，就看到爸妈脸色难看得像是病危的相声演员夫妇。爸从床上坐起来，妈则坐在旁边一张凳子上。爸的左脚还被吊了起来。

一开口，警部先生就说："一个让人气炸的报告进来了。"

"什么？"爸像在挣扎似的挺身向前。

我靠近一脸害怕的妈，在她耳边轻声说："别担心，这位警部先生看起来虽然很凶，其实人很好。"

田村警部瞪了我们一眼，说道："刚才，女星安西真理的事务所接到通知。"

安西真理？我想起来了，就是那个抢着要买"波塞冬的恩宠"

的人。

"他们好像是收到一封声明,是已故的泽村直晃亲笔写的。"

我们一起睁大眼睛。

"内容是——'波塞冬的恩宠'由敝人带走,作为赴黄泉的伴手礼,敬请见谅。"

病房里出现一阵沉默,一阵和警部先生一样难应付的沉默。

"还有,和安西真理一起抢着要买'波塞冬的恩宠'的大小姐,家里也收到了同样的声明。"警部气鼓鼓地加上一句。

停了一下,爸按着因撞伤而肿起来的脸颊喃喃自语:

"这究竟是怎么回事?"

根据警部先生这时的说明,再加上后来知道的事实,得知事情是这样的:

泽村直晃曾在过去好几次交手中,把安西真理的实业家老公打得落花流水。也就是说,那人不知道在泽村这老狐狸手下栽过几次跟头了。好不容易以为这次可以抢走泽村到口的鸭子,正欢天喜地地准备品尝,可是仔细一看,却发现那根本就不是什么珍馐美馔,而是自己的舌头。

另外,和安西真理斗得不可开交的那位名媛,她父亲也一样吃过泽村好几次的亏,还被说成"企业人士出手玩股票,简直是贪心的大笨蛋",自然对泽村也恨得牙痒痒。

所以,这两个为"波塞冬的恩宠"争得你死我活的人,唯一同时感到开心的事,就是那个泽村直晃在五十五岁的盛年,因癌症晚期卧病在床,最后比自己早死。

"不过，泽村到最后还是比他们技高一筹。"

听到警部先生这句话，妈一脸茫然。"那么，你是说打从一开始，这一切就全是泽村先生安排好的？"

"正是。"

"为什么？他为什么要这么做？"

在警部先生回答之前，我就先回答了。因为我都明白了。

"因为光靠钱，是没办法赢过那两个人获得'波塞冬的恩宠'的。"

"一点也没错。"警部先生说。

是的，就是这么一回事。

"波塞冬的恩宠"争夺战，最近才广为大众所知，但整件事从去年秋天就开始了。消息灵通的泽村自然也得到消息，不过他那时正好被宣告得了不治之症，知道自己没剩下多少日子好活。

所以，他才策划了这整起计划。不必经过喊价竞标，就从两个争得你死我活的人面前，一举把"波塞冬的恩宠"抢走。

歹徒要求以"波塞冬的恩宠"当作赎金——在这种紧急状况下，加贺美不可能不卖，何况钱也照付，并不会给珠宝店或卖主造成麻烦。

"到底是谁帮他的？"我抬头看着警部先生大大的肚子，"那个'新田先生'和打电话的女人又是谁？"

"一定是泽村的同伙。"

的确，如果执行部队是泽村的左右手，要监视前川律师的动静也很简单。可是……

"可是，他不是孤独的一匹狼吗？"

听到我这么说，警部先生突然说了一句像诗的话："这个世界上，没有人能完全独自地活下去。"

"话是没错，可是泽村先生又没有亲人……"

警部先生微微一笑，说了一句像谜语的话："你不就看到鬼魂了吗？"

"鬼魂？"

警部先生制止了打算反问的妈妈，继续说："这件事改天再说。总之，绑架你和令郎的那些人，跟泽村直晃脱不了干系。"

一阵愕然的沉默之后，爸低声说："那，聪子呢？我老婆的立场又如何？他把钱遗赠给我老婆，就是为了这件事吗？"

田村警部难以启齿似的歪着嘴，答道："应该是吧。"

"就为了这样？"

"绪方先生，你别太激动。"

"就为了这个？所以我们是被利用了吗？不但被卷入那种大麻烦，甚至还遭到绑架？我们只是被利用了，是吗？"

"老公……"妈叫了爸一声，好久没听到她这么温柔的声音了，"老公，算了，没关系。"

"有关系！"爸怒吼，"怎么会没关系！他们——他们把别人当作什么……"

田村警部一步步移动，按下护士铃。

"绪方先生……"

"不可原谅！他怎么可以做出这种事！"

"爸,"我轻声说,"这就像打撞球啊,我们是被拿来当颗星[1]的。"

爸眼睛都红了,嘴巴不断颤抖。

"竟然把我……我老婆……我儿子……"

"我了解你的心情。不过,你还是不要太激动。"说着,警部先生靠过来。

"可……可……可……"

"爸,你没事吧?"我用力摇晃着爸。

爸眼神直愣愣的,忽然大叫一声"可恶!"声音大得简直要把天花板掀开。"我杀了他!"

我和警部先生都被爸的声音震得倒退,唯一一个动也不动的,就只有妈。

妈双手还是放在膝盖上,默默地凝视着爸。过了一会儿,她用勉强能听到的声音小声地说:"他已经死了。"

爸转头看妈,像是凝视久别重逢的人一般,凝视着妈。好像在确认那里有什么新发现,一个好的发现,那样定定地看着妈。

妈这才露出微笑。"他已经死了,早就死了。"

早就死了。

妈喃喃地说了这句话后,紧紧抱住爸的头哭了出来。

田村警部用大手摸摸我的头,带着我悄悄地离开了病房。

---

1 球台的橡胶边。

我和警部先生并肩坐在走廊的长椅上，默默地喝着他买来的咖啡牛奶。

过了一会儿，警部先生说："我胃溃疡，医生不准我喝咖啡，所以只能喝这种不像咖啡的咖啡。"

"我也是，我妈妈说喝咖啡不好，不准我喝。"

"真讨厌，这就证明人年纪一大就跟小孩子一样。"

不过，大块头的警部先生用短短的吸管喝着小小的利乐包咖啡牛奶，那样子还蛮可爱的。

"警部先生。"

"什么事？"

"泽村先生说谎对不对？"

"你是说……？"

"他说要向我妈妈报恩，都是骗人的吧？二十年前的口头约定，他早就忘了。现在五亿元没了，也没有留下别的钱。"

警部先生单手捏扁喝光的利乐包，扔进附近的垃圾桶，回答："那可不一定。"

"怎么说？"

警部第一次露出别有含义的笑容，一颗金牙闪闪发光。

"存在银行的那段时间，不是会有利息吗？那是你妈妈的，金额应该不小。当然，跟五亿元比是差多了。"

因为绑架案风波，即使我们一家三口无心成为时下的当红人物，结果还是再度遭到人群围攻。不过，这次我们上下一条心。

事实的细节部分，是后来才慢慢搞清楚的。

其中之一，是那个"新田先生"根本没有从原木小屋打电话出去。他假装按键，演独角戏让我们看，因为完全查不出通话记录。

唯一一次对方打过来的电话，想也知道是他的女性共犯打来的，那是用东京都内的公共电话打的。

我和妈，还有今里女士和光明之家的工作人员，连岛崎都被找来制作"新田先生"的嫌犯素描，只是完全画不出来。这是我第二个发现。

"关键是他脸上那副度数很深的眼镜。"

岛崎这么说。

"我就觉得那副眼镜很奇怪，而且他完全不用擦，那是假的。那些不能公开照片的未成年罪犯，不是都会把眼睛遮起来吗？虽然那种做法看起来没什么意义，其实还是有的，如此一来就认不出真正的长相，印象会模糊掉。"

负责画人像的嫌犯素描家也说了同样的话。最后虽然总算拼凑出一幅人像，嫌犯素描家却说："一摘下眼镜，整个人印象就会完全不同了。就算在路上遇到他，恐怕你们也认不出来。"

不过，唯一一个看过他真面目的人出现了，虽然只有一眼。那不是别人，就是真草庄房东的孙女——大松雅美。

"我看到新闻时吓了一大跳，就立刻赶过来了。"

雅美姐姐说，那天她送我和岛崎到大宫车站时，看到一个年轻人一直盯着我们。

"他们果然在监视你们的行动，"田村警部说，"他一直在找机会接近你。"

帮忙做嫌犯素描的雅美姐姐非常困扰。

"真的只是瞄到一眼而已。他的样子我虽然有印象，可是形容不出来。"

从警察那里回来的路上，跟我们一起去吃刨冰的时候，雅美姐姐突然说："他感觉不像坏人，二十五六岁……瘦瘦的，很斯文，看起来实在不像作奸犯科的人。真的，他看起来实在不像坏人……"

雅美姐姐说，他一察觉到她的视线，就立刻戴上眼镜，转身背对她。

不过，和雅美姐姐对看的那一瞬间，他好像对她微笑了一下。雅美姐姐提起这件事的时候，可能是我想太多，我觉得她好像有点陶醉。

"唉。"后来岛崎叹着气说，"但愿再过二十年，雅美姐姐别变得跟聪子一样才好。女人为什么就是喜欢坏男人啊？"

"那你也去学坏一点啊。"

"才不要。要是学坏又没女人缘，那不就惨了。"

原来你自卑感蛮强的嘛，岛崎同学。

那个"新田先生"用来载我和妈的车，都是装了伪造车牌的赃车。去上谒访那天开的车，在事发第二天早上就被发现丢弃在东京都的马路上。不用说，完全找不到任何可以追踪驾驶人的线索，连一个指纹都没留下。

他消失了，消失得无影无踪。

"波塞冬的恩宠"依然下落不明。不要说交货的现场，连犯人是如何突破现场附近设下的严密临检，带着战利品逃之夭夭的，警方都没有头绪，连犯人的轮廓都无法掌握。

和焦急的警方相反，对于犯人如此轻易便摆平安西真理和名媛A之间上演的那场丑陋争夺战，人们反而大声叫好。

"就像那个三亿元抢劫案，"岛崎说，"没有任何人受伤，而且是一场完全犯罪。"

还有，我那对精神上本来应该很受伤的爸妈，现在却一脸幸福的模样，正在计划二度蜜月。不过，蜜月资金他们打算自己出。那五亿元的利息，爸原封不动地捐给某难民援助团体了。妈笑嘻嘻地看着爸这么做。

二度蜜月他们也问我要不要去，不过我拒绝了。因为，那天刚好跟"光明之家"的野餐撞期，他们也邀请了我。

"岛崎，你要不要一起去？绫子也蛮可爱的。"

"我又没有恋童癖。"

这家伙真的很讨厌。

还有一件事要跟大家报告，就是我解开另一个小小的谜题了。

对，就是"好高好高"那件事。

妈去旅行社的时候，家里只剩我和爸两个人。我就问爸，以前他有没有跟我玩过"好高好高"的游戏。

听到我这么问，爸露出一副生怕有人偷听的样子。

"不可以告诉你妈,我跟她说我没有。"

"……这么说,是玩过的?"

"只有一次而已,因为你实在太高兴了。可是,因为玩那一次,我的腰痛变得更严重,被医生狠狠骂了一顿,连班也没办法上……所以,你可要保密。"

好了。

接下来是这整件事的结尾。事件的最后一章,是在我平安撑过集中强化练习,趁着集训营开始前的空当把作业赶完,又几乎把这个事件及相关人物全部抛之脑后之后,才像狂风吹袭过一般突然发生的。

那天,我和岛崎正在看《第一滴血》的录像带。

我去岛崎家玩,顺便两个人一起拼作业,看录像带是休息。

只不过,趁工作空当上来看我们的岛崎伯母说:"你们两个,只有休息的时候最认真。"

总之,我们正在看《第一滴血》壮观的枪战场面时,我突然想到霰弹的事。

我随口把经过告诉岛崎,反正让他知道也没什么好担心的,因此我原原本本地把关于霰弹的事,当成一次刺激的经验说给他听。

结果,本来躺着的岛崎,听着听着竟坐起来,眼睛闪闪发光,脸颊泛红。

"你怎么了?"

他没有理我,只是一直盯着墙壁沉思,我就像在跟人偶讲话一样。于是我没理他,专心看我的电影。

过了三十分钟,岛崎眨着眼睛,一副刚睡醒的样子说:

"今天是几号?"

那天是八月十四日。

"十四号……还有两天,说不定还来得及。"

"什么来得及?"

"喂,明天我们去上诹访!"

"咦?"

"去拿那个霰弹,他们一定很伤脑筋。不,就算不伤脑筋,也应该觉得很不可思议。我们得去一趟才行。"

我又开始担心岛崎是不是脑袋出问题了。

"我……没钱。"

"我借你,把那个小猪扑满打破。"

"你用那个来存钱?真不像你会做的事。"

"你很烦!越简单的方法越接近真理。"

岛崎的小猪扑满竟然有五万元,他果然不正常。

我们拿那笔钱当旅费出发去上诹访了。这次的借口还是暑期研究,当天来回。

就算已经坐在去程的特快车上,岛崎还是死都不开口,完全不肯解释他到底是想到什么才计划这次的旅行的。我们坐在一个很绅士、很像企业家的男人旁边。我心想,泽村本人会不会就是这种感觉啊?

"你们两个人自己去旅行吗?"

"是的。"

"要去哪里?"

"上诹访。"

"是要写武田信玄的研究报告吗?"

"嘿嘿……"

我跟这个先生形成一幅可以拍成 JR 东日本线海报的构图。我们交换这些对话时,岛崎一直皱着眉头,仿佛电车是靠他的念力才能行驶一般地直盯着窗外。

我们试着从车站搭便车到原木小屋,由于刚好有超市的货车经过,要去别墅送货,帮了我们一个大忙。

"小帅哥,你们去别墅区做什么?"

穿 T 恤配垮裤的大叔问我们时,岛崎仍然像隐士般沉默不语。没办法,我只好回答:

"我们住在湖畔的旅馆。不过朋友家在上诹访湖滨村租了别墅,我们想去找他玩。"

超市的大叔嗯嗯几声,点了点头。

"你们可不能因为羡慕朋友,就嫌自己的爸爸没用。这年头,靠正当的方法赚钱根本赚不到一栋别墅。"

"好。"

大叔,不久之前,我们家可是有钱到可以买好几栋那种别墅——这句话都快爬到我喉咙了,但我没有说出口。

我不必凭着记忆，马上就找到了那棵树的树洞。一伸手进去……

"有了！"

我找到那颗填充弹了。虽然整颗霰弹都潮掉了，但外表看来没什么变化。

岛崎把填充弹放进口袋，催我下山。我正准备找车子搭便车，岛崎却对我说："这么虚？用走的吧。"他一脸严肃，鼻翼鼓起。他不是在生气，而是很兴奋。平常岛崎是很少这么兴奋的，所以连我也紧张起来。

我们在湖边租了小船，由我划桨。划到湖中央，我抬头一看，视野所及之处是一片蓝天。地球真的是圆的，我想。

"到这边就行了。"岛崎对我说。

我把桨放下。带着淡绿色的灰色湖水轻轻拍打着小船。远远的湖面上，一艘像玩具的天鹅船正朝着对岸前进。岛崎把那颗霰弹从口袋里拿出来，说："把手帕摊开。"

我从裤子口袋中拉出皱成一团的手帕。当我拍着手帕抚平它时，岛崎静静地开口："喂，那时候这东西没爆炸，你觉得自己运气很好，对不对？"

"对啊。真的是运气很好。"

"不过，我却不这么想。这东西撞到石头却没爆炸，是因为……"

他撕破纸弹壳，把圆滚滚的铅弹倒在摊开的手帕上，比柏青哥小钢珠小一点的珠子共有九颗。

"小心一点，可别滚来滚去弄掉了。"他说。

接下来，岛崎开始把空弹壳解体。

我把九颗铅弹连手帕一起捧着，移到腿上。这真是聪明的处置，因为一艘乌龟船比天鹅船从更近的地方划过去，激起的波浪晃动了我们的小船。

"喏，你看着。"

我照岛崎的话，看他的手。

那里面并没有火药。

"这是假的子弹。"

"那这些铅做的弹丸是什么？"

"鱼目混珠啊。"说着，岛崎一颗颗拿起来，开始确认重量。

"九颗里面有四颗是。"

"是什么？"

"大小跟这个差不多，颜色也跟这个很像，但价格却高得吓死人的东西。"

这次换我皱眉头了：

"你在说什么？"

岛崎舒服地做了一个深呼吸说：

"看清楚啊，华生。"

然后他把选出来的那四颗铅弹放在手心里，伸给我看。我用指尖捡起其中一颗。

铅弹表面很光滑，美得出乎意料。让人很难想象这是可以射击的危险武器。还有，原来铅弹这么轻啊……

直到这时我才恍然大悟。

我惊讶得忘记自己身在何处,猛然站了起来。要是岛崎没有惊慌地按住我,我们可能早就翻船了。

"冷静点。"

"你叫我怎么冷静!"

"好了,你先坐下。知道吗?不要乱动,乖乖坐着。"

坐在随波摇晃的小船上,岛崎告诉我他的想法。虽然令人难以置信,却很合理。

"我们恐怕没办法毫发无伤地把东西拿出来,还是得交给他们才行。"

我静静地点头。

"走吧,我们回东京去。"

第二天八月十六日,我和岛崎来到那个水族馆。碧海、强风,人潮还是很多。

来这里也是岛崎的提议,我乖乖照做,没有多问。

看着闪亮的海,岛崎慢慢地往前走。我跟岛崎并肩走在一起,眺望远处模糊的东京迪士尼乐园,灰姑娘城堡在太阳光下看起来好像小小的模型。

我们上次来的时候,正好是一个月前,七月十六日。

"一定已经来了。"

我们耐心地排在长龙后面,岛崎一边买入场券一边喃喃地说。

"一定已经来了,我敢保证。"

"是啊,一定的。"

我们的预感并没有辜负我们。在大大的鲔鱼回游槽前,她就站在与大群观众保持一点距离的地方,仿佛早已知道我们的到来,正在等待我们。

她今天也是一身黑色的套装,搭配珍珠胸针和淡红色口红。她认出我和岛崎,对我们微微一笑:

"小弟弟们,又见面了。"

是水族馆夫人。

我们朝着她走去,她也朝我们走过来。就像那天一样,她轮流摸摸我们的头。

"我们是来拿东西给你的。"

我抬头直视着她,开口这么说。

"什么东西?"

"'波塞冬的恩宠'一百二十九颗的珍珠里,丢掉的那四颗。"

水族馆夫人细长的眼睛,微微睁大。

"在你们那里?"

我和岛崎发誓般郑重地点了点头。

我说:"你是那起绑架案的另一个共犯吧?"

我们三个人为了避开别人的耳目,来到堤防上的护岸边。穿高跟鞋的水族馆夫人走得比我们稍微慢一点。她赶上来的时候,在海浪的气息中,传来了和那天一样的香水味。

"你和泽村先生很熟吧?"

听到我的问题,她露出了一丝笑容。

"这个嘛……一直到最后，我还是不太了解他，不过我们认识很久了。"

"多久？"

"……将近三十年吧。"

岛崎和我彼此对看，她露出了灿烂的笑容。

"我今年已经五十岁了。在你们眼里，一定是个可怕的老太婆吧。"

一点都看不出来。

"我是在二十一岁时和他认识的。虽然和聪子小姐二十一岁时完全不同，但那时我也还是个年轻女孩。泽村也才二十五岁，是啊，还是个才刚踏进社会的小毛头。"

她把手肘靠在护岸的栏杆上，望着远方。我和岛崎站在她两旁，尽全力装出大人的样子，把手肘靠上去。

强烈的阳光直射而下，水族馆大批观众的声音也跟着从头顶上传来。小孩子叫妈妈的声音，年轻情侣互开玩笑的嬉闹声，叽叽喳喳地混在一起。

"爷爷！这边、这边！"

"喏，拍好了没？"

"厕所在哪里？"

"妈妈——我想吃冰激凌！"

过了一会儿，水族馆夫人总算开口了，带着一抹微笑。

"我们两个从来没有一起来过这种地方。没那种机会，也没有时间。"

"泽村先生和你都没有？"

听我这么问，夫人缓缓点头。

"当我们两个分开时，会有很多时间，很多可以自由安排的时间。但只要我们两个在一起，总是非常匆忙，匆忙得令人感到悲哀。"

那究竟是什么情况？我不太明白。如果是和喜欢的人单独在一起，时间应该会变得丰富精彩才对……那时候的我，仍然只会从光明面来看人生。

"我们曾经一起生活过，也曾经一两年都断了消息。这样的关系虽然很奇特，我却很满足。我不喜欢彼此束缚。不知道你们懂不懂？"

岛崎说："懂。你说过，你不喜欢活的东西被关起来。"

水族馆夫人轻声笑了。

"对呀，就是那样。我希望他永远自由。无论我有多焦急、多担心，一旦束缚了他，他就会变得不像他。我是这么想的，所以我自己也有工作，自己支撑自己的生活，一直过到现在。"

海风吹起她黑色套装的裙摆，露出美丽的膝盖，我突然想象起水族馆夫人年轻时的模样。

她的脚步一定很快，不输给泽村先生。她一定很坚强，所以才能够跟着他。不管跟丢多少次，她还是能够再找到他，再跟着他一路走过来。

她转向我们："你们是怎么知道的？知道我是泽村的助手……"

我转头看岛崎，因为是他看出来的。

岛崎慢慢地说:"那天,一个月前的今天,我们遇到你,你说'也许我们会再度在这里碰面'的时候。"

"哦……"

"只是那时,我还没有完全想通。真正想通的时候,是我知道这次的事件有女性共犯,还有那些犯人事前曾经监视——不对,应该说是一直关心——绪方行动的时候。我是那样才想起你说的话。"

岛崎向我说明时,曾经说他从这些犯人身上感觉不到恶意……甚至觉得他们带着善意。

"一个月前,我和你们在这里谈话时,从没想过会以这种方式和你们重逢。"水族馆夫人说。

"我只是茫然地想着,如果你们今天也能来就好了……只是如此而已,你为什么会知道?"

岛崎微微一笑,突然看起来好像大人。不是装出来的,也不是只有身体长大而已,而是每一根肋骨、每一根指尖都变成大人的大人。

"今天,还有上个月的今天都是十六日。这是泽村先生去世的日子吧?而且你穿着丧服,还戴着珍珠。"

水族馆夫人举起手碰了碰胸针。

这次换我小声地说:"你是在为泽村先生服丧吧。"

水族馆夫人脸上绽开笑容,然后把眼光从我们身上移开。

我想,她一定是不想让人看到她的眼泪。

一回想起那天水族馆夫人告诉我们的事件真相,我到现在内心还是会澎湃不已。

到江户川桥下的下花轮去拿"波塞冬的恩宠"的,当然是她。而她为了通过警方的临检盘查,一离开现场,就马上逃进附近预约好的商务饭店,在房间里把一百二十九颗珍珠拆散,在表面裹上薄薄一层膜,让人以为是霰弹枪的霰弹,然后混在手工填装的子弹里。因为是利用这种方法带在身上,才能顺利通过后来严格的盘查。

那天早上,我在上诹访散步时看到的银灰色跑车,就是她的车。那时她是来通知"新田先生"计划已经成功,要他立刻逃亡,才绕到湖滨村去的。

而她事后也直接往西走。

"我说过我有工作吧?我在神户的元町开了一家店。"

所以,她只要稍微绕个路到上诹访,接下来一直往西走就行了。"新田先生"也是一直在等她的通知。

"那附近有射击场,我也有猎枪的执照,因此我立刻想到那个主意。和泽村在一起生活的时候,我曾经认为有一天可能用得上,便跑去考了执照。但他从来不曾让我遇到危险,让我有机会用上那种东西——因为他根本不让我靠近。"

所以,"我一直很嫉妒聪子小姐",她这么说。

"当他遇到危险的时候,是聪子小姐在他身边。但我也很感谢聪子小姐,真的非常感谢,如果没有她,泽村可能已经死在那里了。"

计划从那场争夺战中抢走"波塞冬的恩宠",也是她的主意。

"过去，我从不曾对泽村提出过无理的要求，也不曾跟他撒娇过，从来不曾。因此当我知道他来日无多时，我就想，一次就好，只要一次就好，我希望他能让我任性一次。所以我就说，请你为我抢到'波塞冬的恩宠'，好吗？"

我不要钱，也不要你的遗物，我只要你为了我，就为了我，用你的头脑筹备完美的计划。

"那是去年秋天即将结束的时候。那时，泽村已经在思考遗嘱了。然后……"

水族馆夫人微微弯下腰，看着我的眼睛。香水的香味变强，我整个人都晕了。

"雅男。"

她还是第一次这样叫我的名字。

"是。"

"你可以答应我别生气吗？"

这么靠近看水族馆夫人，发现她的脸颊好白，双眼好深邃，我不知道该怎么办，于是她重复一次：

"雅男，你可以答应我不要生气吗？"

"对什么生气？"

"对我接下来要说的事。"

我笨拙地吞了一下口水，想转头看向岛崎，希望他告诉我该怎么做。但水族馆夫人蹲得离我太近，岛崎被她挡住了。

"好……"

我没有别的办法，只好这么回答。

"我答应。"

"那，钩钩手指头。"

水族馆夫人伸出右手的小指。

我们钩了手指头。小指里的血管一定是跟心脏直接连在一起的，我们一钩手指，我和夫人之间就好像有什么东西相通了，夫人内心的寂寞和我内心的孩子气。

小孩子不是一下子变成大人的。就像用砖头一块块堆成塔一样，每一天、每一小时累积的经验、悲喜，让小孩子慢慢长大成人。这次的互钩手指，是我在转变成大人的过程中，一块非常重要的基石。

"泽村他……"钩完手指，夫人站起来静静地说，"在决定立遗嘱的时候，第一个就想到你妈妈，想到他答应她的事。所以，他想要找她。"

"找我妈妈？"

"是啊，方法很多。然后没有花多少功夫就找到她了。"

关于这一部分，以前我跟岛崎讨论过。既然泽村先生留下那种遗书，那他一定详细调查过妈现在的情况。

可是……

"请告诉我一件事。大久保清事件发生的时候，泽村先生是不是很担心我妈妈？是不是很在意她的安危？"

听到我这么问，夫人笑了出来。

"哇，你们怎么连这些都知道？真聪明。"

"那么，在这个事件的相关报道误报出我妈妈的名字时，泽村先生他……"

"他很在意,但是又不能去真草庄。当时害他遭到枪击的那个麻烦还没解决,所以他不能随便走动。"

"那……"

夫人伸出修长的食指,指着自己的鼻头,就像少女一样。

"是我代替他去真草庄确认聪子小姐的安危的。老实说,我那时可是吃醋得很。因为泽村实在是太担心了,而聪子小姐又那么漂亮可爱。"

我和岛崎转头对望,以眼神示意。这么说,我们的推测也不算全错了。

"对不起,打断你的话。泽村先生想找我妈妈,他也找到了。然后呢?"

接下来夫人所说的话,完全出乎我的意料。

"然后,他见到了聪子小姐。"

有一瞬间,我的头脑是空白的。就像海实在太耀眼,让眼睛看不清楚一样。

水族馆夫人将右手温柔地放在我肩上。

"是的,他们见面了。当然,他是为了问聪子小姐愿不愿意接受遗赠才见面的。一开始是我用电话联络她,聪子小姐还记得泽村,而且还来了泽村住院的医院。"

妈见过泽村先生。

"这次的计划和步骤,聪子小姐全部知情,她也帮忙执行。"

我脑袋里的柜台因为受到太大的惊吓,立刻把窗口关了起来。

所以，收放这个事实的新资料夹就被当场丢在那里，正面还清楚地写着"妈见过泽村先生"的标题。

"你好像不怎么惊讶。"

听到夫人的声音，我才眨了眨眼，从自己脑袋里的事务处理室回到了外面的现实世界。

夫人话里的"你"，指的是岛崎。他好像充分预习过才去上课一样，不管发生什么事，不管什么时候被老师点到都无所谓似的，平静地抬起头看向夫人。

"嗯，我并不惊讶。"

"为什么？"

"因为我也这么想——我觉得这次的事，聪子阿姨可能早就知道了。"

我又开始头晕，再次缩回到脑袋里的柜台。那里放着一个封面写着"聪子早就知道了"的资料夹……

里面到底写了什么？

等我回过神来，岛崎已经走到我身边。

"我是在瞒着你到泽村先生住的医院之后，才开始有这个想法的。"岛崎说。

"瞒着我？你去过了？"

岛崎有点过意不去地点点头："瞒着你真抱歉。只是，我想我一个人去更能客观地观察事实。"

我想起来了。岛崎的妈妈说他每天都跑出去，还晒了一身健康的肤色。

原来是这样……

"那是一家严谨、注重隐私的优良医院。我去了好几次，都找不到任何具体的线索。不过，我那时也不知道该找什么线索。"

岛崎有点难为情地抓抓头，水族馆夫人微笑地看着他。

"好像是第五次还是第六次，我终于遇到了一个很亲切的护士，我骗她说想借厕所，她就让我进了医院。一看到正面玄关的中庭，我突然就明白了。"

那里开着好多黄底白斑的胭脂花。

那是我家的胭脂花。

是妈不知道从哪里要来种子拿回家种，连搬家时也说枯掉很可怜，一起带去出租大厦的胭脂花。

那些种子，是妈在泽村先生的医院捡到的。

"而且……"岛崎继续说，"想想事情的经过，我只能认为聪子阿姨早就知道一切，还暗中帮助'新田先生'的绑匪集团。"

"光看他们的行动就知道？"

"嗯。想完全不着痕迹地绑架你和聪子阿姨，这种做法太冒险了。譬如说，在'原木小屋'的时候，就不能保证聪子阿姨不会在'新田先生'假装打电话到前川律师办公室时，开口说'请把电话转给我，我也要跟律师打声招呼'啊。万一真的遇到这种状况，就必须骗过聪子阿姨才行。要是聪子阿姨察觉任何一点不对劲，背着'新田先生'打电话到东京前川事务所，一切就完了。那实在太冒险了。"

现在想起来，我觉得岛崎说的一点都没错。

"那么，我妈妈听了泽村先生的计划之后，说了什么？"

在她回答之前，我又问了另一个问题。

"我最不懂的是，我妈参加这个计划有什么好处。我妈到底为了什么，才帮忙出演这桩假绑票案的？"

水族馆夫人双手交叉放在胸前，沉思了一会儿。

"听到泽村提到遗赠的事时，聪子小姐的表情显得非常哀伤。"

"非常哀伤？"

"是的。我们一直以为她结了婚，过着幸福的日子，所以我和泽村都非常惊讶。于是我们询问她原因……"

要是现在得到一大笔钱，我一定会离婚的——妈这么说。

"'我先生的外遇一直让我非常痛苦，好几次都想离婚，却办不到。我不知道事情为什么会变成这样，因此很生气，要是我不必再为生活担心，我先生一定会抛弃我离家出走。又或者刚好相反，我一有钱，他就突然开始对我很好，那也是一件难堪的事……'聪子小姐是这么说的。"

（所以，我不能收下这笔钱。你们的好意我心领了……）

"聪子小姐回去之后，我开始想，一直想一直想，绞尽脑汁。"

那时候，抢夺"波塞冬的恩宠"的计划已经拟好了，我们也决定要利用原木小屋和光明之家的人。

"我以前曾经捐款给光明之家，所以我们之前就认识了。"

只不过，当时预定接受五亿元遗赠、遭到假绑架的目标，并不是我们这一家，而是别的家庭。

"泽村本来是计划先留一笔钱给聪子小姐，然后再把剩下的钱遗赠给那个家庭，趁机引起轩然大波。那个家庭就算被卷入泽村的计划，也不能怪别人——他们那一家就算遭到这种报应，也只能自认倒霉。是哪户人家我就不能告诉你们了。你们了解我说的吗？"

"了解。"

"可是，听过聪子小姐的话之后，我重新思考了一次。我认为，这次的假绑票案一定要请聪子小姐帮忙才行。"

然后，她第一个就把这个想法告诉了泽村先生。

"他说他不想这么做，他不能这么过分。但是，他是男人，我是女人，我毕竟还是比较了解聪子小姐的心情。所以我们再次请聪子小姐来，拜托她帮忙这件事。"

——聪子小姐，你愿不愿意放手一搏，看看你先生的心到底在哪里？

"于是，聪子小姐答应了。她说想亲眼确认，万一孩子被绑架的话，她先生会怎么样。他是不是已经完全不在乎她和孩子组成的家庭了？他的心是不是真的已经不在她身上了？这是第一个也是最后一个可以确认的机会了——她这么说。"

水族馆夫人平静的声音，渐渐地感动了我的心。我脑袋里的柜台打开小小的缝隙，开始读着"聪子早就知道了"的资料夹。

"即使如此，泽村还是反对。他说，先不说聪子小姐，这么做是会伤害到雅男的。结果聪子小姐说，不，请让我参加，如果再这样下去，雅男还是会受伤的。既然同样是受伤，至少我要采取行动。"

妈什么都知道。明明知道，却在警察面前装作什么都不知道，甚至赌上了我们所有的一切。

连我自己都没发现，我竟然笑了。然后，我这么想：

真是一场豪赌。妈赌得真惊险啊！

泽村直晃这个人果然到死都是个赌徒，这一点可不能忘记。他打从骨子里就是个赌徒。

只不过，代替他完成最后一场豪赌的不是别人，而是我的母亲。而这场赌局赌的不是钱，也不是岛崎之前说的泽村直晃。

而是我的父亲。

我父亲绪方行雄的心。

"等一切都准备就绪后，我们就去委托前川律师，因此……"

从律师来到我们家那一刻起，妈的赌局就开始了。难怪她听到爸受伤的时候，会那么激动。

"不要忘记刚才答应我的事，不可以生聪子小姐的气。"

水族馆夫人温柔地说。

"每个父母都会有一两个秘密，是一辈子都不能告诉孩子的。"

没错。所以，妈，我没有生气！

我们在临海公园的出口分手时，水族馆夫人拿出两张自己的名片，在后面各写了一些东西，递给我和岛崎。

"我的工作是设计师。不仅设计衣服，也设计宝石。"

她微笑着，看看我又看看岛崎。

"你们很快就会长大，等到你们都变成大人，遇到想要和她结婚的女性时，就拿这张名片来找我吧。到了那一天，我会用'波塞冬的珍珠'做成戒指送给你们的。"

名片背后写着"保管卡：最高级黑珍珠一颗，纪念即将来临的那个日子"。

"'波塞冬的恩宠'只是名字好听而已，这对不吉利的首饰，消失了最好。我会全部重新设计，散发到世界各地去的。这就是我接下来的人生目标。"

水族馆夫人坐进那辆银灰色的跑车，摇下车窗，伸出一只手，轻轻地握了我和岛崎的手。

这时，我的脑中突然灵光一闪。这完全没有根据，但我却非常确定。我记起田村警部说的那句奇怪的话了。

（你就把你看到的鬼魂当成泽村直晃吧，这样比较合理。）

（这个世界上，没有人能完全独自地活下去。）

我把手放在车窗上说："还有一个人，跟我和我妈妈在一起的那个年轻人……"

水族馆夫人抬头看我。

"那是你和泽村先生的儿子吗？"

她嫣然一笑。我觉得，最后挂在她内心窗户的那道薄窗帘，终于发出清脆响声被打开了。

"那是我的儿子，是我自己决定生下来的孩子，在户籍上也是我一个人的孩子。我们很少见面，因为他几乎都在国外。"

然后，她发动引擎，双手放在方向盘上，小声地说："不过，他一年比一年像他父亲了。"

车子缓缓地开动。水族馆夫人不再回头，没有再看我们一眼。

等到看不见车子之后，岛崎拍了我的肩膀一下。

我问他："那天晚上，我在原木小屋看到的泽村鬼魂……"

岛崎点点头："没错，就是他儿子，'新田先生'。"

"你早就知道了？"

"我猜的。"

我好想大笑，不过，要是放声大笑的话，我现在心里满满的幸福感好像就会随之消散，我觉得太可惜，就用力忍住了。

我们站在灰尘积得很厚的停车场，那时岛崎轻声说的那句话，我到现在都还记得很清楚。

"原来也有那样的'家庭'啊。"

后来，我再也没有见过水族馆夫人。不过，我想她一定会好好琢磨那些黑珍珠，让它们重生的。

所以，读者们也可能有机会在某处看到那或妖艳，或清纯，或闪着深深哀愁的黑珍珠首饰……

直到现在，只要一到月夜，我就会想起那一晚。月亮越是皎洁明亮，我的心就越会受到诱惑。

我会想起那些再也见不到的人、到最后还是没机会见到的人，以及约定再见的人。

对，总有一天，我会去找她接收那枚黑珍珠戒指。然后，我会在同样皎洁诱人的月光下，把那枚戒指套在我心爱女孩的手指上，然后告诉她这个故事。

还有那些人让我了解到的事：跑得最快的未必会赢得胜利，看似获胜的人未必就是赢家。想要判断到底值不值得一赌,终究还是得赌一把才知道。

总有一天,我会像这样,在一个月光美得令人心痛的夜晚……

为了那一刻,我会准备好这个故事。